novum pocket

Brigitte Hoffmann-List

MORD IM KLOSTER

Eine Geschichte aus dem
mittelalterlichen Stadelouwe-Stadlau

novum 🔖 pocket

Bibliografische Information
der Deutschen Nationalbibliothek:

Die Deutsche Nationalbibliothek
verzeichnet diese Publikation in der
Deutschen Nationalbibliografie.
Detaillierte bibliografische Daten
sind im Internet über
http://www.d-nb.de abrufbar.

Alle Rechte der Verbreitung, auch
durch Film, Funk und Fernsehen, fotomechanische Wiedergabe, Tonträger, elektronische
Datenträger und auszugsweisen
Nachdruck, sind vorbehalten.

© 2013 novum publishing gmbh

ISBN 978-3-99010-579-5
Umschlagfoto: Bildarchiv:
Österreichische Nationalbibliothek
Umschlaggestaltung, Layout &
Satz: novum publishing gmbh
Innenabbildungen:
Bildarchiv: Österreichische
Nationalbibliothek (25)

Die von der Autorin zur Verfügung
gestellten Abbildungen wurden
in der bestmöglichen Qualität gedruckt.

Gedruckt in der Europäischen Union
auf umweltfreundlichem, chlor- und
säurefrei gebleichtem Papier.

www.novumpocket.com

INHALT

Die Fürstenhochzeit 9
Hinter Klostermauern 15
Der Plan 21
Im festen Haus des Herrn Diepold 24
Sommer in Stadelouwe 30
Der harte Winter 34
Eislaufen auf der Donau 39
Weihnachten in Stadelouwe 43
Der Herzog wird geächtet 51
Der geheime Weg in die Klausur 55
Katzenjagd 60
Der Herzog wird vom Bann freigesprochen 65
Die Mongolen kommen! 69
Osterfest in Stadelouwe 72
Mord im Kloster 78
Der Sarg in der Kirche 82
Im Reiche des Abts 85
Das St. Georgs-Fest 90
Besuch bei der „Hexe" Barbara 95
Unter dem Rosenstrauch 99
Die Schlacht an der Leitha 104
Vater will Gewissheit 106
Reginhard 110
Geschichtliches 114
Rezepte aus dem Mittelalter 118

*Gewidmet meinem geliebten Elternhaus in der
KONSTANZIA-Gasse
und seinen einstigen Bewohnern*

DIE FÜRSTENHOCHZEIT

„Heute ist der Tag! Heute ist der Tag!", rief Rosamund und stürzte aus dem Haus. Sie stieß beinahe mit Vater zusammen, der eben zu Tür herein wollte. Er hielt sie fest und kniff sie in die Wange. „Natürlich ist heute ein Tag", sagte er augenzwinkernd, „was sollte denn sonst sein?" „Heute ist d e r Tag", sagte Rosamund ernst.

Die Fürstenhochzeit!

Heute, am 1. Mai des Jahres 1234 verheiratete der Landesfürst, Friedrich II. aus dem Hause Babenberg, seine Schwester Konstanzia mit Heinrich von Meißen. Für diese Hochzeit war das Fischerdorf Stadelouwe ausersehen worden. Sicher deshalb, weil es von den prächtigsten Wiesen umsäumt war, die es nur geben konnte, und seine Lage am gewaltigen Donaustrom machten es zum schönsten Ort der Welt; davon war Rosamund überzeugt.

Es war noch früh am Morgen, und dennoch war alles schon auf den Beinen. Die Häuser waren festlich mit Blumen und Zweigen geschmückt, der ganze Anger war mit Rosen bestreut, die Linde in der Mitte trug Fahnen aus bunten Bändern, die im Wind wehten. Links von ihr, am Ende des Angers, stand auf einer kleinen Anhöhe die St. Georgs-Kirche, in der am Vormittag die Hochzeit stattfinden sollte, und rechts, am anderen Ende des Dorfes stand das Feste Haus des Herrn Diepold. Hinter dem Ort, in der Nähe der Kirche, war die große Wiese, wo dann das anschließende Turnier ausgetragen werden sollte.

Schon Tage davor hatten Rosamund und ihre Freundinnen sich dort eingefunden, um zu beobachten, wie die Prunkzelte aufgestellt wurden. Es herrschte ein unbeschreiblicher Lärm; Klopfen, Hämmern, das Wiehern der Pferde, das Geschrei der Spaßmacher; Händler, die Süßigkeiten, Kuchen und Waren aller Art zu verkaufen suchten, das Schnarren von Fiedeln, Pfeifen der Flöten und Schlagen der Trommeln.

Rosamund sah sich nach Reginhard um. Er war Novize im Kloster und durfte manchmal heraus, um süßes Klostergebäck zu verkaufen. Das wäre wohl ein Tag gewesen, wo er Geschäfte gemacht hätte! Aber sie konnte ihn nirgends erblicken.

Am Vormittag setzte großes Glockengeläute ein, um die Festgäste zusammenzurufen. Rosamund war schon ganz zeitlich erschienen, um einen guten Platz zu bekommen, aber es kam eine solche Flut von Leuten, dass sie immer mehr zurückgedrängt wurde und schließlich in der letzten Reihe landete, wo sie nichts mehr sehen konnte. Die Menschenwelle wogte hin und her, und beinahe fürchtete sie, erdrückt zu werden. Da griffen plötzlich zwei starke Arme nach ihr und sie hörte Vaters Stimme sagen: „Wenn die beiden aus der Kirche kommen, dann hebe ich dich hoch und dann wirst du etwas sehen können." Und so war es auch. Sie sah ein paar Sekunden lang ein liebreizendes Gesicht mit einem Kranz von weißen Rosen im Haar, und das glatte, braune Haar des Heinrich von Meißen konnte sie ebenfalls erblicken. Vater hatte ihr erzählt, dass dieser ein Minnesänger sei. Sie hätte gerne einmal einen Minnesänger, der sich in ihr kleines Fischerdorf verirrte, von Angesicht zu Angesicht gesehen, ihn vielleicht sogar singen gehört; aber das war wohl nicht möglich.

Nach der Trauung fand das große Turnier auf der Festwiese statt, und nun hatte Rosamund Glück. Die Ehrengäste saßen auf einer Tribüne aus Holz, die eigens für die Reiterspiele errichtet worden war, jedoch der Kampfplatz war so groß, dass wirklich alle, die zuschauen wollten, auf ihre Rechnung kamen.

Ein großer Zug formierte sich. Je zwei und zwei Schildknechte ritten voran, es mochten an die hundert Leute sein, dann folgten ebenso viele Edelknaben, ganz in Weiß gekleidet, und ein jeder trug einen Sperber auf seiner Hand. Ihnen folgte die Musik: Tambur, Geige und Flöte. Dann kamen an die hundert Ritter, je zwei und zwei nebeneinander. Und dann folgte der Herr.

Da war es, dass Rosamund zum ersten Mal den Herzog sah. Er ritt auf einem schwarzen Pferd, das ein sehr kostbares Zaumzeug trug. Sie sah Gold und Edelsteine darauf funkeln. Er selbst war hochgewachsen, sein Haar war schulterlang und braun mit einem rötlichen Schimmer, seine Gesichtszüge waren scharf und seine Augen grau. Wie der Blitz war er wieder an ihr vorbei und verschwand im Getümmel.

Das war also der mächtige Herr, der die Geschicke von Österreich und Steier leitete!

Dann begann der spielerische Kampf, in dem zwei Ritter vorwärts stürmten, und jeder von ihnen versuchte, den Gegner zu Fall zu bringen. Das Donnern der Hufe, das Geschrei der Menge und die immer wieder einsetzende Musik verwirrten Rosamund. Sie erkannte, dass es verschiedene Spielregeln gab: Einmal ritten die Kämpfer dicht aneinander vorbei, und suchten den anderen mit der Lanze zu treffen. Dann versuchten sie, dem Stoß des Gegners so auszuweichen, dass dessen Lanze nicht traf, am Schild abglitt oder beiseite geschlagen wurde; ein paar Sekunden später versuchte man, den Gegner aus dem Sattel zu heben.

Am aufregendsten empfand sie das Spiel, in dem die Ritter direkt aufeinander lossprengten. Der Geschicktere wusste es aber so einzurichten, dass der Gegner sein Ziel verfehlte, und er traf ihn absichtlich nicht. Sobald der Gegner aber vorbei war, wendete der Ritter sein Pferd. Rosamund war starr vor Staunen, mit welcher Geschicklichkeit das geschah. Roß und Reiter schienen miteinander verwurzelt zu sein! Nun suchte er den Gegner zu treffen und von hinten aus dem Sattel zu heben.

Noch nie hatte Rosamund eine solche Farbenpracht, wehende Fahnen, bunte Schilde, das Krachen der Speere, Wiehern der Rosse, und eine solche Harmonie zwischen Mensch und Tier gesehen. Nie, nie würde sie diesen festlichen Tag vergessen können!

Schließlich war es später Nachmittag geworden. Das Turnier war zu Ende. Ritter, Pferde, Knappen und Herolde begaben sich zu ihren Zelten, um sich zu erfrischen, und dann sicher noch bis in die Nacht weiterzufeiern.

Langsam ging sie über den Anger; ihrem Haus zu. Da berührte sie jemand sanft am Ärmel. Es war Reginhard, nach dem sie schon vergeblich Ausschau gehalten hatten. „Jetzt kommst du?", sagte Rosamund erstaunt. „Jetzt, wo alles vorbei ist?" „Ich durfte nicht heraus", sagte Reginhard traurig, „nicht während der Hochzeit und auch nicht während des Turniers." „Und die anderen Mönche?", fragte Rosamund. „Wer wollte, durfte. Mir aber hat es Abt Finan verboten." „Was hättest du denn am liebsten gesehen?" „Die Reiterspiele!", sagte er, und seine grauen Augen glänzten. „An der Hochzeit war mir nicht viel gelegen. Aber der Buhurt und die Tjost ... in meinem Leben werde ich das wohl nicht mehr sehen. Wo sollte ich auch?"

„Wir können aber auch auf die große Wiese gehen, da herrscht jetzt ein festliches Treiben! Gaukler, Musikanten, Jongleure – das sieht man ja auch nicht alle Tage! Höchstens beim Jahrmarkt, aber auf keinen Fall in dieser Fülle! Es gibt auch Feuerschlucker – und zu essen und zu trinken, soviel man will! Das ganze Dorf ist eingeladen!"

„Ich möchte nicht", sagte Reginhard kurz, „aber ich möchte dir etwas zeigen. Willst du sehen, wo ich wohne?" „Das darfst du doch nicht!", sagte Rosamund entsetzt. „Dein Zimmer liegt ja sicher innerhalb der Klausur!"

„Stimmt", sagte Reginhard, „aber wenn Abt Finan mich so schwer bestraft für etwas, das ich nicht getan habe, nämlich für nichts, dann will ich ihm einen Streich spielen und jemandem die Klausur zeigen." „Bei der Pforte können wir aber nicht hinein", sagte Rosamund, „da sieht mich ja der Pförtner!" „Der ist jetzt sicher schon sternhagelbetrunken, und wenn er zwei Gestalten sieht, so denkt er, das bin ich und die zweite Gestalt gaukelt ihm der Wein vor. Aber ich will ja gar nicht durch die Pforte; ich zeige dir einen geheimen Eingang. Komm!" Die beiden Kinder schlichen davon.

HINTER KLOSTERMAUERN

Sie gingen über den Anger, der wie ausgestorben war, da sich sämtliche Dorfbewohner auf der Festwiese befanden; vorbei am Festen Haus des Herrn Diepold, verließen das Dorf durch eine schmale Öffnung im Zaun und standen kurz danach vor den klobigen Mauern des alten Klosters.

Über die Mauern hinweg hörte man Schweinegrunzen und Gänsegeschrei. „Das ist mein Alltag", sagte Reginhard, „Schweinegrunzen und Gänsegeschrei." „Aber doch auch Gotteslob?", fragte Rosamund. Sie war erstaunt. „Das auch", sagte er spöttisch, „obwohl sich das eine von dem anderen gelegentlich nicht sehr –" er brach ab, als er ihre Augen sah, die ihr verwundert anblickten. „Jetzt pass auf", sagte er und zeigt auf eine Stelle in der Mauer, wo diese einen Knick machte. In diesem Knick wucherte ein großer, alter Holunderstrauch. Reginhard griff hinein und holte ein paar größere Steine heraus. „Siehst du – da ist ein Loch. Hier kann man in den Klostergarten hineinkriechen. Alles andere ist ein Kinderspiel. Willst du?" „Ja", sagte Rosamund.

Die beiden Kinder schlüpften durch das Loch. „Wir gehen jetzt in die Kirche, dort durch eine Tür in den Kreuzgang, das ist schon die Klausur. Auf der einen Seite ist das Refektorium, wo man sich wärmen kann, dann gibt es das Skriptorium, wo Manuskripte abgeschrieben werden –."

„Ich weiß", sagte Rosamund, „dort ist auch mein Vater manchmal tätig." „Ich sehen ihn öfter", sagte Reginhard, „und auch gelegentlich bei Abt Finan. Was glaubst du, was die beiden zu besprechen haben?" „Ich weiß es nicht", sagte Rosamund, „ von seinen Geschäften spricht er nicht. Er ist aber auch oft bei Herrn Diepold. Ich glaube, er hilft ihm. Es muss sehr viel Arbeit sein, so ein Dorf zu verwalten, Recht zu sprechen, keine Ungerechtigkeiten zuzulassen, und so weiter." „Das glaube ich auch!", sagte Reginhard.

Nun waren sie bei einer kleinen Tür angelangt. Reginhard öffnete sie und beide traten ein. Rosamund stieß einen unterdrückten Schrei aus. „Wer hat dir das angetan?", flüsterte sie. Das Zimmer sah aus wie ein Stall; ein Loch in der Mauer, das war das Fenster. In der Ecke stand ein Bett mit einer rauen Decke, darüber ein Kreuz; ein kleiner Tisch mit einem Krug; das war alles. Er ließ sich auf das Bett nieder und bedeutete Rosamund, sich neben ihn zu setzten. Sie schwiegen eine Zeit lang.

„Aber ich bin lieber hier als im Dormitorium", sagte Reginhard schließlich. „Mit all den Mitbrüdern..." „Ja", sagte Rosamund. Sie stellte es sich schrecklich vor, in einem großen Saal mit so vielen fremden Menschen zu schlafen. „Aber wieso hast du ein eigenes Zimmer?", fragte Rosamund. „Das weiß ich nicht", sagte Reginhard. „Und wie lange bist du schon hier?" „Das weiß ich auch nicht. Ich glaube ich bin hier geboren." „Das gibt es doch nicht!", sagte Rosamund. „Hier, wo nur Mönche sind!" „Nein, natürlich nicht." Er lachte. „Aber ich war sicher noch ganz klein, als ich hier abgegeben wurde wie ein Paket."

„Hast du irgendeine Erinnerung an ‚vorher', an irgendetwas, wenn auch ganz schwach ... und wenn man dann sehr daran denkt, so kann man da vielleicht ein paar Einzelheiten ‚hervorholen'." „Nein", sagte Reginhard düster, „gar keine. Oder vielleicht – eine Farbe, so ein helles Lindengrün mit Gold. Vielleicht ein Stoff ... das hat mich umgeben."

„Du solltest manchmal beten", sagte Rosamund schließlich, „ganz für dich allein, nicht nur im Chor der Mönche. Vielleicht gibt Er dir ein Zeichen, vielleicht zeigt Er dir einen Weg ..." Er blickte zu Boden.

„Wir beten jetzt", sagte Rosamund kurz entschlossen, „und zwar beten wir jetzt mein Lieblingsgebet: ‚Der Herr ist mein Hirte'", sagte Rosamund in innigem Ton. Er blickte auf. „Mir wird nichts mangeln." Er fuhr mit der Hand durch ein Loch in seiner Decke. „Er weidet mich auf grüner Au." Er blickte sehnsüchtig durch das Fenster in seiner Wand ins Freie. Draußen sah man ein Stück Himmel und in der Ferne dunkelte der Auwald. „Und führt mich zu erfrischenden Gewässern ..." Er sah auf die feuchte Mauer, an der es heruntertropfte.

Plötzlich hörten sie ein Rascheln unter dem Bett und ein großes, graues Tier kroch hervor. Es war eine Ratte. Rosamund fuhr zusammen. Die Ratte blieb ganz selbstverständlich vor ihnen sitzen, begann sich zu putzen und sah Reginhard mit ihren glänzenden schwarzen Äuglein erwartungsvoll an. „Nicht erschrecken, das ist mein Freund! Ich bringe ihm jeden Abend etwas zu essen mit. Er ist der einzige Freund, den ich habe." „Nicht der Einzige", sagte Rosamund mit Bestimmtheit. „Danke!", sagte Reginhard warm.

Zu Hause wartete Mutter schon auf sie. „Du warst lange fort!" „Ja", sagte Rosamund, „es gab so viel zu sehen – ich konnte mich nicht losreißen!" „Das verstehe ich", sagte Mutter, „es ist aber schon dunkel und es beginnt jetzt dort auf der Festwiese sicher eine wilde Zeit. Da ist es mir schon lieber, wenn du im Haus bist. So etwas ist nichts für Kinder – oder junge Mädchen", setzte sie hinzu, denn Rosamund war immerhin schon neun Jahre alt.

Rosamund sah sich in ihrer gemütlichen Küche um. In der Ecke stand ein gemauerter Herd, auf dem kochte und buk die Mutter. Entlang der Wand war eine Bank mit bunten Polstern, auf dem Wandbrett stand hübsches Küchengeschirr. Das Fenster hatte einen ledernen Schieber, den man bei Bedarf herunterziehen konnte. Der Fußboden war sauber und mit einem kleinen Teppich belegt, den Mutter selbst verfertigt hatte. Es roch gut nach Anisgebäck; Mutters Spezialität. Mutter hatte es zu diesem besonderen Anlass gebacken. Anis war ein teures Gewürz und nur auf Jahrmärkten von wandernden Gewürzhändlern zu erstehen. Vorher aber gab es Geflügel, Brot und saures, eingelegtes Gemüse aus dem Garten zu essen.

„Wie schön wir es hier haben!", sagte Rosamund aus vollem Herzen. Mutter sah erstaunt auf, dann aber lächelte sie. „Du hast recht", sagte sie. Wir haben ein hübsches Haus und einen schönen Garten. Und das alles, weil Vater gut für uns sorgt." „Und weil ihr mir dabei helft", sagte Vater, der eben hereingekommen war. „Die Arbeit in Haus und Garten, das Verwerten von Obst und Gemüse, das Sammeln, Hacken und Schlichten von Holz, die Pflege der Haustiere – das alles macht sich ja nicht von selbst." Mutter errötete wie ein junges Mädchen. Es tat ihr gut, gelobt zu werden. Rosamund freute sich ebenfalls, aber ihre Gedanken schweiften wieder ab. Sie dachte an Reginhard in seinem düsteren, schmutzigen Loch, das harte Bett mit der zerrissenen Decke, der Ratte als einzigem Freund. Nie würde er ein solches Leben kennenlernen, wie sie, Rosamund, es täglich genoss!

Vater setzte sich zum Tisch und griff nach dem Becher mit Wein, den Mutter ihm eingeschenkt hatte. „Das war ein Tag wie kein Zweiter!", stellte er fest. „Zwei Könige waren bei der Hochzeit anwesend! Der König von Böhmen, der König von Ungarn; dann der Herzog von Sachsen, der Herzog von Kärnten, der Landgraf von Thüringen, der Markgraf von Mähren und viele Bischöfe. Mit dem heutigen Tag wird Stadelouwe in die Geschichte eingehen." „Ich habe viele Zelte gesehen, aber das Zelt des Herzogs konnte ich nirgends finden", sagte Rosamund, „ich hätte gerne gesehen, wo er übernachtet!" „Er wird eines haben für sich und sein Gefolge – es ist an dem Bindenschild erkenntlich -, aber er übernachtet dort nicht", sagte Vater. „Wo denn?" „Bei Herrn Diepold."

Mutter sah Vater an. „Warum?", fragte sie erstaunt. „Wenn du ein bisschen nachdenkst, wird es dir sicher einfallen", sagte Vater. Mutter sagte nichts mehr. Rosamund hätte für ihr Leben gern gewusst, was sie beide meinten, aber sie wusste, sie würde nichts erfahren.

DER PLAN

Am nächsten Tag ging eine merkwürdige Kunde durch den Ort. Eine Nachbarin brachte sie in Rosamunds Heim. Im Gasthaus „Zur Mücke", das hart am Donauufer stand und hauptsächlich von Fischern, aber auch von anderen Dorfbewohnern besucht wurde, erzählte man sich, der Herzog wäre am Morgen nach der Hochzeit in das Zimmer der Neuvermählten eingedrungen und hätte Heinrich von Meißen gezwungen, die Mitgift, die er von Konstanzia bekommen hatte, wieder herauszugeben. „Glaubst du das?", fragte Mutter entsetzt. „Nein", sagte Vater, „ich traue ihm einiges zu, aber gerade so etwas macht er nicht. Erinnere dich vielleicht an unser gestriges Gespräch." „Ja", sagte Mutter, „du hast recht."

Nun war der zweite Mai herangekommen. Der erste Mai, an dem Stadelouwe in die Geschichte eingehen sollte, würde nie mehr wieder kommen. Rosamund konnte es gar nicht glauben, dass dieser Tag, dem sie seit Wochen und Monaten entgegengefiebert hatten, nun der Vergangenheit angehörte.

Aber der Herzog war noch da. Vater hatte sein Pferd im Stall hinter Herrn Diepolds Haus gesehen. Und er hatte erfahren, dass Herr Diepold heute ein Fest geben würde, zu Ehren des Babenbergers. Den ganzen Tag dachte Rosamund über dieses Fest nach. Sie wünschte sich so sehr, daran teilnehmen zu können, dass es fast schmerzte. Aber das war natürlich nicht möglich – sie war ja nicht eingeladen – aber zusehen; ganz geheim! Wie konnte man das bewerkstelligen? Wie kam man hinein? Das musste doch möglich sein; überhaupt in der Dunkelheit, wo alle Aufmerksamkeit auf das Fest gerichtet war und niemand bemerken würde, dass sich da jemand einschlich. Sie war noch niemals in Herrn Diepolds Haus gewesen, wusste also nicht, wie man da hineinkam. Das Feste Haus war gut abgesichert, und in Notzeiten diente es den Dorfbewohnern als Zufluchtsort.

Am Nachmittag saß Rosamund auf der Bank hinter dem Haus und sah in ihren Garten hinein. Süß dufteten die Blumen und Kräuter, aber ihre Gedanken waren weit weg. Sie kreisten um das Haus des Herrn Diepold. Die Erlösung kam in Form ihrer Freundin Pauline, die sich neben sie auf die Bank setzte. Ihr teilte Rosamund mit, was sie bewegte. Zu ihrem Erstaunen sagte Pauline: „Das ist aber nicht schwer! Überhaupt unter den Umständen, wie sie heute sind. Ich war schon einmal drinnen." „Wieso denn?", fragte Rosamund. „Um Eier, Käse und Fische abzugeben. Meine Mutter war damals krank. Das große Tor vorne, das stets geschlossen ist, wird heute geöffnet sein. Dort darfst du aber natürlich nicht hineingehen; da wirst du gesehen. Hinter dem Haus befindet sich eine Rampe; die führt in den ersten Stock. Wie es dann weitergeht, weiß ich aber nicht. Ich habe damals eine Tür geöffnet und meinen Korb mit den Lebensmitteln einfach hingestellt."

„Würdest du mitkommen?", fragte Rosamund vorsichtig. „Nein", sagte Pauline bestimmt, „es wäre sicher schön, dort zuzusehen, aber sich in ein fremdes Haus einzuschleichen, das ist nicht meine Sache. Außerdem wüsste ich gar nicht, was ich meinen Eltern erzählen sollte, wenn ich so lange weg bin." Das war auch Rosamunds Problem. Was sollte sie sagen, wenn sie abends wegging, und dann eine Stunde später wiederkam? Glücklicherweise kam ihr Pauline da zu Hilfe. „Du kannst sagen, dass du bei mir bist; ich hätte dich eingeladen, mit mir ein paar Spiele zu spielen. Willst du das sagen?" „Ja", sagte Rosamund erleichtert, „ja, das geht!"

IM FESTEN HAUS DES HERRN DIEPOLD

Als die Abenddämmerung hereinbrach, sagte Mutter freundlich zu Rosamund: „Du solltest jetzt gehen; Pauline wird schon auf dich warten." „Ja", sagte Rosamund. Ein bisschen schämte sie sich. Aber der Wunsch, das Fest zu sehen, an dem auch der Herzog teilnahm, war zu groß. „Und nimm auch ein Stück Anisgebäck für sie mit!" Das war von gestern übrig geblieben. „Danke, sie wird sich freuen!", sagte Rosamund.

Auf dem Weg zum Festen Haus überlegte sie sich ihren Plan, während sie in das Anisgebäck biss. Sie musste das Tor vermeiden und gleich im Dunkel des Gartens die Rampe hinauf. Die Türe leise auf – Rosamund hoffte inständigst, dass sie nicht versperrt war – alles Weitere würde sich finden. Das große Tor war weit geöffnet; in eisernen Ringen rechts und links brannten Fackeln, um die Gäste willkommen zu heißen. Rosamund schwenkte nun nach links ab und kletterte über die Gartenmauer. Niemand bemerkte sie. Alle versammelten sich um das Eingangstor, und auch im Inneren hörte man schon Lärm und Lachen und das Stimmen von Musikinstrumenten.

Rosamunds Herz klopfte bis zum Hals, als sie die Tür zu öffnen versuchte. Und sie ließ sich öffnen! Sie knarrte zwar ein bisschen, aber der Spalt wurde breiter und breiter, und schließlich schlüpfte sie hinein. Vorsichtig und langsam, um ja kein Geräusch zu verursachen, drückte sie die Tür wieder zu. Es konnte ja ein Wächter da sein. Aber es war kein Mensch da, und das Knarren der Türe wäre bei dem ohrenbetäubenden Lärm, der von unten her erschallte, sicher ungehört geblieben. Sie befand sich mitten im Geschehen. Vor ihr war eine Balustrade von schön geschnitztem Holz. Als sie das bemerkte, ließ sie sich blitzschnell nieder, denn wenn einer der Anwesenden zufällig emporgeblickt hätte, hätte er sie gesehen. Sie kauerte sich hinter die Balken und konnte durch die breiten Ritzen ganz deutlich alles verfolgen, was unten im Saal vor sich ging.

Der Saal war aufs Prächtigste geschmückt. Noch nie hatte Rosamund einen so schönen Raum gesehen. An zwei Wänden war er bemalt mit ritterlichen Szenen, an den anderen beiden Seiten hingen kostbare Wandteppiche. In der Mitte des Raumes befand sich ein schwerer, eiserner Kronleuchter, mit vielen Kerzenhaltern verziert, in denen die Kerzen brannten. Das Schönste am Raum aber der Kamin mit den glänzenden Kacheln. Auch an den Wänden waren Fackeln. Das flackernde Licht fiel überall hin; auf die höfisch gekleidete Gesellschaft, auf den reich gedeckten Tisch im Blumenschmuck, auf die Rosen, die auf den blanken Fußboden gestreut waren, und verwandelte den Raum mit all seinen Farben und Düften in einen Traum aus einer anderen Welt.

Soeben begannen die Musikanten wieder, ihre Instrumente zu stimmen, und Diener räumten die Tische ab und trugen sie dann hinaus, um Platz zu schaffen für den Tanz. Das Essen war also bereits vorbei. Rosamund konnte noch einen Blick erhaschen auf die Speisen, die hinausgetragen wurden: Braten, Brote, Früchte, eine Fülle von Kuchen – wer würde denn das alles essen, nachdem das Fest vorbei war? Herr Diepold wird sicher noch kräftiger zuschlagen als sonst, dachte sie ein wenig boshaft angesichts der Rundlichkeit des Hausherrn.

Da stand er in seiner Leibesfülle neben dem Kamin. Neben ihm saß der Herzog auf einem Faltstuhl und hielt ein Glas Wein in der Hand. Beide unterhielten sich freundschaftlich, und Diepold lachte, dass sein Bauch wackelte. Auch der Herzog lachte, und Rosamund war erstaunt über dieses warmherzige, gewinnende Lachen, das so gar nicht zu seinen scharfen strengen Gesichtszügen passte. Einen Augenblick lang sah sie seine prächtigen Zähne schimmern.

Reglindis, die Gemahlin Diepolds, saß etwas abseits und unterhielt sich mit den Damen. Sie war eine schöne Frau, etwa 30 Jahre alt, mit langen, blonden Haaren, einem zartgrünen Seidenkleid und einem kleinen Stirnreif, der ihr ein mädchenhaftes Aussehen gab.

Zuerst wurde getanzt; das hieß „den Reihen springen." Ein Tanz, den jeder für sich vollführte, immer im Kreis, und einer führte den Reihen an, das heißt, er gab die Figuren vor, die getanzt werden mussten; und heute tat das der Herzog. Er räumte aber bald das Feld und setzte sich wieder an seinen Platz am Kamin, von wo er alles beobachten konnte.

Schließlich wurde gesungen und auch der Herzog wurde gebeten; er sang. Er hatte eine schöne, kräftige Stimme und er sang ein kurzes Lied eines Minnesängers über die Liebe und die Schönheiten der Natur. Er freute sich sichtlich über die Anerkennung, die er fand.

Dann aber geschah etwas, das Rosamund nie vergessen würde. Die Musik verstummte, und nur der zarte Klang einer Fiedel war zu hören. Eine Männerstimme ertönte. Sie erfüllte den Raum, schwoll an, und Rosamund glaubte, dieser Raum und dieses Haus würden sich auflösen und Gott entgegenströmen, der ja die Quelle aller Musik war. So ging das Lied:

> Ich zog mir einen Falken
> mehre dann ein Jahr.
> Als ich ihn so gezähmet,
> dass er nach Wunsch mir war,
> und ich ihm sein Gefieder
> mit Golde schön umwand,
> hob er sich in die Höhe,
> flog in ein andres Land.
>
> Seitdem sah ich den Falken
> schöne dahinfliegen:
> er trug an seinem Fuße
> seidene Riemen
> und es war sein Gefieder
> rot – golden fein ...
> Gott füge die zusammen,
> die gern geliebt wollen sein.

Die Stimme endete leise und vibrierend. Die Fiedel schluchzte einmal auf, und verstummte dann. Es war so still im Saal, dass man das leiseste Geräusch hätte hören können. In diese Stille hinein flüsterte ein Gast dem anderen zu: „Wer war das?" Und der andere sagte: „Das war der Reuentaler."

Rosamund sah vorsichtig durch die Ritzen hindurch. Der Herzog saß nach wie vor neben dem Kamin und blickte zu Boden. Dann sah sie zu der Stelle hin, wo Reglindis gesessen hatte. Sie aber war verschwunden.

Als sie nach Hause kam, fragte Mutter freundlich: „Habt ihr es nett gehabt?" „Ja", sagte Rosamund. „Ja? Das ist alles? Was habt ihr denn gespielt?" „Sackhüpfen und ‚Blinde Kuh'", sagte Rosamund erschöpft. „Im Finstern?" Mutter war erstaunt. „Aber es ist ja noch gar nicht ganz finster", meine Rosamund, „in einem Sack kann man ja auch im Finsteren hüpfen, und bei ‚Blinde Kuh' ist man ja sowieso blind." Mutter schüttelte den Kopf. Sie versuchte sich an ihre eigene Jugendzeit zurückzuerinnern und, ob sie damals auch so merkwürdige Sachen getan hatten. Wahrscheinlich, ja. Nur hatte sie es vergessen. Deshalb wollte sie mit ihrer kleinen Tochter nicht allzu streng ins Gericht gehen.

„Hast du etwas zu Abend gegessen?", fragte sie. „Ja", sagte Rosamund. „Paulines Mutter hat uns etwas gemacht." „Was denn?" „Mandelmilch." „Oh!", sagte Mutter erfreut, „da muss ich mich nächstes Mal, wenn ich sie sehe, dafür bedanken!" „Bitte nicht!" dache Rosamund verzweifelt, während sie aus ihrem Kleid schlüpfte. Sie ging in die Kammer nebenan, legte sich in ihr Bett und zog die Decke bis ans Kinn. Der Strohsack knisterte, und die

Kräuter, die Mutter in den kleinen Polster gefüllt hatte, dufteten. Sie war voll Musik, und der ganze Raum war voll Musik. Immer wieder hörte sie diese gewaltige Männerstimme, die das schönste Liebeslied sang, das es nur geben konnte, und dann das ehrfurchtsvolle Flüstern: „Wer war das?" „Das war der Reuentaler."

SOMMER IN STADELOUWE

Selbst die Natur gab sich Mühe, das Jahr 1234 bedeutsam zu feiern. Die Heckenrosen blühten so schön wie noch nie, die goldenen Ährenfelder hinter den Häusern leuchteten in besonderem Glanz und die sanften Rufe der Tauben auf den Dächern vermengten sich mit den Rufen der Vögel aus dem Auwald.

Rosamund wurde es nicht müde, die Ährenfelder entlang zu gehen, die bunten Blumen – Mohnblume, Kornblume und wilde Margeriten – zu bewundern, die am Rande der Felder und auch in ihrem Inneren wuchsen, und es war entzückend anzusehen, wie der Wind in sie hinein fuhr und in ihnen wühlte. Um das Dorf herum ging ein Weg, der am Kloster vorbei und dann in den Auwald führte. Hier standen Linden, Erlen, Buchen, Silberpappeln und viele andere Bäume, deren Namen Rosamund nicht kannte. Im Frühjahr war der Boden der Au violett mit Veilchen, die Weidenzweige trugen kleine Kätzchen, und oft brachte Rosamund Mutter einen Frühlingsstrauß mit nach Hause. Mutter schüttete dann Wasser in einen Krug, gab die Blumen hinein und stellte sie ins Fenster oder auch auf das Wandbrett. Blumen machten einen Raum immer hell und freundlich.

Es gab aber auch düstere Stellen im Wald, wo der Weg ganz eng wurde, und sich dann im Dickicht verlor. Rosamund ging oft einen solchen Weg bis zu dem Punkt, wo sie sich zu fürchten begann. Dann drehte sie sich um und lief wieder zurück, bis das Kloster in Sicht kam, und dann die stroh- und schindelgedeckten Dächer der Häuser ihres Heimatortes.

Einmal erzählte sie Vater davon, und dieser sagte: „Der Wald ist unser Schutz. Auch gibt er uns alles, was wir brauchen: Holz zum Einheizen, Bienenstöcke für den Honig, Beeren und Pilze zum Sammeln und Essen, Bucheckern für die Schweine ..." „Und Schutz?", fragte Rosamund. Vater wurde ernst. „Den würde er uns bieten, wenn Feinde über uns kämen. „Feinde? Welche Feinde? Wer möchte denn über uns kommen, und warum?"

Vater überlegte einen Augenblick lang, wie er das seiner kleiner Tochter erklären sollte, und dann sagte er: „Es ist doch öfter so, dass Kinder streiten?" „Ja!", sagte Rosamund aus vollsten Herzen. Streitereien kannte sie genug, und wie oft waren sie aus nichtigen Gründen und wegen lächerlicher Kleinigkeiten entstanden. Ein Bub wollte etwas haben, das einem anderen gehörte, war auch oft der Meinung, dass es ihm auch zustand; und plötzlich gab es blutige Köpfe.

„Kannst du dich an einen Fall erinnern und ihn mir schildern?", fragte Vater. Rosamund dachte nach. Es musste natürlich etwas sein, was Vater auch wissen d u r f t e. „Also?", fragte Vater. „Ja, unlängst ...!", sagte Rosamund zögernd, „da waren Pauline und ich bei dem Eichenwäldchen. Dort saß der Hirte und schnitzte sich gemütlich ein Pfeifchen. Plötzlich kamen ein paar Buben und wollten ihn vertreiben, weil dort ein besonders schöner Platz für ihr Ballspiel war. Der Hirte aber ließ sich nicht vertreiben. Er warf sein Pfeifchen weg, ergriff einen großen Stock und ließ ihn auf den Rücken der drei Buben tanzen. Das war ein Mordsgeschrei, und plötzlich kamen auch zwei Schweine, die den Lärm gehört hatten, aus dem Wald und verfolgten die Buben. Das sah sehr lustig aus!" Rosamund musste lachen.

„Siehst du", sagte Vater ernst, „so geht es auch bei den Erwachsenen zu. Einer möchte haben, was der andere hat. Dann gibt es Krieg." Rosamund verstand das. „Was hat das aber mit unserem Auwald zu tun?", fragte sie. „Wenn Feinde kommen, und uns das Land nehmen wollen, das wir besitzen und unser Hab und Gut –" Rosamund dachte an ihre Katze Hiltrud, die sie niemals einem Feind überlassen würde. „Wenn sie" – nun wurde Vaters Stimme leiser – „uns das Leben nehmen wollen, dann müssen wir in den Wald fliehen, um uns das Leben zu erhalten. Es gibt dort Höhlen und sogenannte ‚Verhaue'; Geflechte aus Ästen, die sehr alt sind – unsere Väter und Großväter haben sie verfertigt – in die kann niemand eindringen; weder Mensch noch Tier. Und nur Eingeweihte wissen den Weg in diese Zufluchtsstätten." „Ja", sagte Rosamund. Es war gut zu wissen, dass es Orte gab, in die man sich flüchten konnte, um sein Leben zu retten. Aber sie hoffte, dass so etwas nie der Fall sein würde.

DER HARTE WINTER

So sonnendurchglüht, heiter und froh der Sommer des Jahres 1234 war, so eisig, schrecklich und unfreundlich wurde der Winter. Tote Vögel fielen vom Himmel, und des Nachts hörte man die Wölfe heulen. Sie kamen ganz nahe an das Dorf heran. Dann hörte man wieder die Hunde des Dorfes heulen, gleichsam als Antwort, um den Wölfen zu bedeuten, dass sie am Platz waren, und Stadelouwe und seine Haustiere wohl zu verteidigen wussten. Es wäre ihnen aber ohnehin nicht möglich gewesen einzudringen, denn dieses war von einem dichten Zaun umgeben, und an beiden Enden des Ortes befanden sich zwei schwere, hölzerne Tore, die des Nachts geschlossen waren.

Der kalte Winter hatte sich schon früh angebahnt. Die Leute waren vorgewarnt. Vater hatte erzählt, dass die Tiere des Waldes sich tiefere Höhlen gegraben hatten als sonst, dass sich die Zugvögel, die an der Donau Rast machten, früher als sonst auf die Reise gemacht hatten. Die ganze Au schien ausgestorben. „Die Natur weiß Bescheid. Die Tiere wissen Bescheid", sagte Vater.

Mutter hatte gut für den Winter vorgesorgt. Im Keller gab es Gefäße mit gedörrtem Obst – Zwetschken, Äpfel und Birnen aus dem Garten –, dann gab es Pökelfleisch, das herrlich roch, Kraut, Rüben, eingelegte Gurken, Nüsse, Honig, Erbsen, Bohnen, geräucherten Fisch, Speck, Mehl, eingelegte Eier und vieles mehr. Sie würden nicht hungern müssen.

Nun näherte sich die Weihnachtszeit, ein Fest, das Rosamund besonders liebte. Feierte man doch die Geburt des Herrn Jesus Christus, der als Sohn des mächtigen Gottes, der Himmel und Erde erschaffen hatte, und über allem wachte, hier zur Welt gekommen war, in einem einfachen Stall, umringt von Ochse und Esel, die durch ihr bloßes Dasein schon dem Kind Wärme spendeten. Aus diesem Grund – das wusste sie – konnten alle Tiere in der Heiligen Nacht sprechen. Sie hatte sie zwar noch nie sprechen gehört, auch andere nicht; aber alle Leute wussten das. Die Schafe im Stall unterhielten sich, wie das Jahr für sie gewesen war, und ob sie gut behandelt worden waren. Natürlich waren sie das; denn alle Tiere in Stadelouwe wurden gut behandelt. So gerne hätte Rosamund gewusst, was die Hühner und Hasen in ihren Ställchen über ihre Besitzer gesagt hätten, aber man durfte die Tiere in dieser Nacht nicht stören. Sicher waren alle mit Rosamund und ihrer Mutter zufrieden. Der Hahn schien ihr ein wenig ein Querulant zu sein, deshalb warf Rosamund ihm gelegentlich in der Vorweihnachtszeit ein paar Stückchen Brot zu, damit er nicht allzu schlecht von ihnen dachte.

Trotz der Kälte, der ständigen Schneefälle, der brüllenden Winde und der eisglatten Wege kamen die Menschen in der Kirche des Hl. Georg zusammen, um sich Kraft zu holen für den Alltag, und des lieben Christkinds zu gedenken, das nun bald das Licht der Welt erblicken würde.

Die Rorate – Messen fielen heuer aus, weil die Leute nicht so zeitig in die Kirche kommen konnten. Es war nachtschwarz, der Wind peitschte den Schnee, die Leute hatten Angst. „Rorate" hieß „Tauet", das wusste Rosamund. Vater hatte ihr das erklärt. Es hing zusammen mit dem Gebet „Tauet Himmel, den Gerechten."

An den Adventsonntagen fand sich jedoch alles in der Kirche zusammen. Sie war festlich geschmückt mit Reisig und Girlanden. Vorne auf dem Altar stand eine Krippe, sie war leer, und in sie wurde am Heiligen Abend eine Puppe, das Christkind, gelegt.

Nachdem heute der dritte Adventsonntag war, hatten Mutter und Rosamund, in dicke Tücher gehüllt, sich durch den Sturm in die Kirche vorgekämpft. Der Weg war nicht weit, aber Rosamund schien es eine Ewigkeit, bis sie endlich bei dem klobigen Tor angelangt und in eine Ecke hineingeweht wurden. Die Kirche war beinahe voll, und Mutter und Rosamund lehnten sich außer Atem hinten an eine Mauer. Sie wurden für ihre Mühe reichlich belohnt, denn es erschallte ein anmutiger Gesang von Kinderstimmen und schließlich trat Pfarrer Burckhart vor und sprach die Worte, die Rosamund so liebte:

„Als tiefes Schweigen das All umfing,
und die Nacht zur Mitte gelangte,
da sprang das allmächtige Wort vom Himmel,
vom königlichen Thron herab
als harter Krieger,
mitten in das dem Verderben geweihte Land."

Da konnte man viel darüber nachdenken, was das bedeutete; das „Wort" war natürlich Gott; und wie man es in sein eigenes Leben hinein nehmen konnte. Während sie sich diese Dinge überlegte, fiel ihr Blick auf die Wandmalerei neben dem Altar. Sie zeigte den Hl. Georg, hoch zu Ross, der gerade den Drachen tötete. Er war ritterlich gekleidet und stieß mit seinem langen Speer auf den Drachen hinunter. Der Drache war klein und grün; er rollte die Augen ängstlich und blickte zu dem übermächtigen St. Georg hinauf. Dessen Gesicht war streng und unnachgiebig, und auf einmal schien es ihr als wäre eine gewisse Ähnlichkeit mit Abt Finan vorhanden; diese lange Nase, der unnachsichtige Blick. Sie musste wieder an Reginhard denken. Wie es ihm wohl erging in diesem schrecklichen Winter in seiner kalten Zelle. Sie musste aber auch daran denken, dass er ihr damals versichert hatte, dass es ihnen an nichts mangle; weder an Essen, noch an medizinischer Versorgung, und in der kalten Jahreszeit waren immer ein paar Räume des Klosters geheizt; auch gäbe es dann zusätzlich Decken; manchmal sogar aus Fell. Das beruhigte sie.

Auf der anderen Seite des Altars befand sich ein zweites Wandbild. Es zeigte einen Engel mit einer Posaune; das war der Himmel. Weit darunter befand sich ein Feuer; das war die Hölle. Über dem Feuer hing ein Kessel, in dem steckten einige Sünder. Sie schienen um Hilfe zu rufen, doch waren ihre Gesichter so vergnügt, dass Rosamund sie im Verdacht hatte, sie befänden sich in der warmen Hölle ganz wohl.

Rosamund fuhr sich erschreckt über das Gesicht. Solche Gedanken durfte sie nicht denken! Das war Sünde! Sie musste Pfarrer Burckhart bitten, einmal bei ihm beichten gehen zu dürfen. Sie wollte es nicht, dass ihre Gedanken so herumflatterten, und sie nicht bei der Sache blieb.

Aber sie hatte jetzt schon genug von diesem Winter, und sie wusste, dass er noch Monate dauern würde. Die Schneemassen türmten sich um das Haus herum, die Wege, die mühsam freigeschaufelt wurden, waren im Handumdrehen wieder zugeweht; kaum war es möglich, zu den Nachbarn zu gelangen, um sich zu erkundigen, ob diese alles hatten, oder ob jemand vielleicht Hilfe brauchte. Durch das Glasfenster der Kirche sah man ein fahles Licht. Es hatte aufgehört zu schneien. Doch als sie die Kirche verließen, schneite es bereits wieder.

EISLAUFEN AUF DER DONAU

Aber am nächsten Tag traute sie ihren Augen nicht: am Himmel stand die Sonne! Nun hielt es sie nicht mehr im Haus. „Bitte darf ich hinaus?", sagte sie flehentlich. Mutter sah skeptisch drein. Dann aber holte sie Rosamunds Pelzmütze, einen dicken Umhang sowie Handschuhe. „Wohin willst du jetzt?" „Zur Donau", sagte Rosamund. „Da wirst du den Weg nicht finden, alles wird zugeschneit sein!", warnte die Mutter. „Wenn ich ihn nicht finde, kehre ich wieder um", versprach Rosamund. Dann stürzte sie aus dem Haus.

Auch andere Kinder waren auf die Idee gekommen, sich ein paar frische Sonnenstrahlen zu holen. So fand sich bald eine kleine Gruppe zusammen. Sie verließen das Dorf, gingen in Richtung Kloster, am Kloster vorbei und der Donau zu. Es ging besser, als sie gedacht hatten. Teilweise waren die Wege von den Stürmen so blank gefegt worden, dass die nackte Erde hervorsah. Beim Wasser angekommen, fanden sie eine riesige Eisfläche, einen breiten Streifen, der in der Sonne glitzerte. Jubelnd stürzten sich die Kinder darauf, sie liefen und glitten auf dem Eis, rutschten, fielen hin und purzelten übereinander. Pauline hatte echte Schlittschuhe aus Knochen, die ihr Vater für sie verfertigt hatte. Sie befestigte sie mit Riemen an ihren Schuhen, und nun was sie die Schnellste von allen. Sie lief hin und her und drehte sich im Kreis, und die Buben versuchten, sie zu fangen, aber das war unmöglich. Ein solches Geschrei und Gelächter hatte Rosamund schon lange nicht mehr gehört. Es war wohltuend in einer Zeit, in der alles zu Eis und Schnee erstarrt war. Sie blickte auf die Eisfläche unter sich. Diese war so dick, dass man weiters nichts sehen konnte. Ein paar Schlingpflanzen konnte sie schemenhaft wahrnehmen und einmal schien es ihr, als sähe sie Fische vorbeischwimmen. Sie konnte es sich kaum vorstellen, dass sie im vergangenen Sommer fast täglich hier gebadet hatte, im weichen Ufersand gespielt und die uralten Pappeln hatte rauschen hören. So lange war das schon her.

Schließlich machten sie sich auf den Heimweg. Man wusste nie, wann das Wetter umschlagen, wann es wieder schlechter werden würde. Überall sah sie rote Wangen und glänzende Augen. Der kleine Ausflug hatte allen gut getan.

Als sie beim Kloster vorbeigingen, verlangsamte Rosamund ihre Schritte. Ein Wunsch war in ihr aufgetaucht, so brennend, dass sie ihn nicht mehr unterdrücken konnte. Sie wollte über die Klostermauern blicken! Vielleicht sah sie jemanden. Sie wusste, dass der Gedanke töricht war, und dass sie niemanden erblicken würde, sie wusste aber auch, dass sie an dem Kloster nicht vorbeigehen konnte, ohne es nicht wenigstens versucht zu haben.

So ging sie immer langsamer und blieb schließlich an der Klostermauer stehen. Die anderen eilten heimwärts, in ihre Gespräche vertieft – Pauline erklärte, dass sie ihren

Vater bitten würde, zu zeigen, wie man solche Schlittschuhe verfertigte – und so bemerkten sie Rosamunds Verschwinden nicht. Sie presste sich an den Holunderbusch, unter dem die Steine lagen, die man herausnehmen konnte, um in den Klostergarten zu schlüpfen. Ihr Fuß fand Halt an einem, ganz vorsichtig erklomm sie den Zweiten, indem sie sich an den dicken Ästen des Strauches festhielt, dann zog sie sich hinauf und sah in den Hof hinein.

Und sie hatte Glück. Eine dünne, graue Gestalt kam aus dem Novizenhaus. Sein Mantel flatterte im Wind. Er trug einen Eimer in der Hand und ging in die Richtung, in der sich die Stallungen befanden. Sie wusste, dass es Reginhard war. Er lebte also, und er war auch gesund; denn sonst hätte man ihm ja keine Arbeit im Freien befohlen.

Ein Gefühl der Wärme überkam sie, trotz der Kälte, die herrschte. Wie auf Flügeln eilte sie nach Hause! Das war heute ein schöner Tag gewesen, ein schöner Tag seit Langem.

WEIHNACHTEN IN STADELOUWE

Die Zeit verging im Schneckentempo, und alle Gedanken richteten sich auf das bevorstehende Weihnachtsfest. Ein Tag glich dem anderen, und das Fest rückte näher und näher. Wegen der Kälte und der anhaltenden Stürme waren die Menschen an das Haus gefesselt, sie versuchten, sich warmzuhalten und die Tiere zu versorgen, und dem Weihnachtsfest, wie immer es sich auch gestalten mochte, froh und gläubig entgegenzusehen.

Aber Vater litt es nicht im Haus. So oft es ihm möglich war, ging er hinunter ins Kloster, ins Feste Haus zu Herrn Diepold oder ins Gasthaus „Zur Mücke", um Nachrichten oder Neuigkeiten zu hören. Mutter sah das nicht gerne, aber Vater lachte nur und sagte: „ Was soll mir schon passieren? Ich muss wissen, wie es in der großen, weiten Welt zugeht, auch wenn es Winter ist, und das kommt doch schließlich uns allen zugute. Die „große, weite Welt", das war Wien, die Stadt am jenseitigen Donauufer, in der der Herzog residierte. „Warum, um Himmels willen, möchtest du wissen, was in Wien vorgeht, und was der Herzog tut?", fragte Mutter. „Was in Wien vorgeht und was der Herzog tut, ist für keinen belanglos, der in unserem Land lebt. Er ist unser Herr. Wien ist keine zwei Stunden von uns entfernt." Damit musste sich Mutter zufriedengeben. Und er brachte auch wirklich gelegentlich bedenkliche Nachrichten mit. Das Verhältnis des Herzogs zum Kaiser hatte sich verschlechtert. Der Herzog hatte im Sinn, gegen die Böhmen und Ungarn zu kämpfen, was dem Kaiser gar nicht gelegen kam. Es gab auch Klagen über den Herzog, dass er außerordentliche Steuern erhob, dass er Gelder in den österreichischen Klöstern beschlagnahmte.

„Warum macht er das?", fragte Mutter. „Weil er das Geld braucht", sagte Vater. „Wofür, um Himmels willen?", fragte Mutter. „Wenn man etwas braucht, kann man es doch nicht einfach einem anderen wegnehmen! Wenn ich ein Ei brauche, um einen Kuchen zu backen, und keines habe, kann ich doch nicht einfach zur Nachbarin gehen, und ihr eines wegnehmen!" „Natürlich nicht", sagte Vater und schmunzelte ein bisschen, „aber hier geht es doch um etwas anderes." „Um was?" „Um das Land", sagte Vater. „Er braucht das Geld, um unser Land zu verteidigen."

Das Weihnachtsfest rückte näher und näher, mit all dem Glanz, den so ein großes Fest mit sich brachte. Seit Tagen waren Mutter und Rosamund damit beschäftigt, ihr kleines Haus auf Hochglanz zu bringen. Es wurde gebacken und gebraten, und heimlich wurden auch kleine Geschenke vorbereitet. Es war zwar nicht üblich, sich zu Weihnachten in der Familie etwas zu schenken, aber Mutter fand, dass die große Freude, die Gott den Menschen machte, die Menschen einander auch mitteilen müssten; nämlich mit kleinen Geschenken.

Mutter konnte etwas ganz Besonderes: sie konnte stricken. Niemand aus dem Ort konnte das. Und so wussten Rosamund und Vater eigentlich, was sie bekommen würden; nämlich einen Schal oder eine Wollmütze. Natürlich mussten sie dann sehr überrascht tun, aber das gehörte zum Fest dazu. Die Überraschung war ja auch die Farbe, in der das Geschenk gestrickt war.

Vater aber hatte immer schon am St. Georgsmarkt, der am 23. April vor der Pfarrkirche stattfand, eine Kleinigkeit eingekauft, von der er wusste, dass sie Mutter Freude bereiten würde, sei es ein Gewürz, ein Sieb oder ein heilkräftiger Tee.

Und plötzlich war das Weihnachtsfest da! Nach all den Wochen des Harrens, Wartens, Bratens und Backens war es endlich da! Alle Räume in Rosamunds Haus waren festlich geschmückt mit Zweigen und roten Bändern. Die Weihnachtsfarben waren ja Grün und Rot.

In der Kirche herrschte großes Gedränge. Hell brannten die Lichter, und vorne war die Krippe, in der nun das Jesuskind lag. Daneben stand ein immergrüner Baum; das war der Paradiesbaum. Man sang mit großer Bewegung das alte Lied „Nun komm, der Heiden Heiland" und „Willkommen, Herre Christ." Alle Lieder endeten mit dem feierlichen „Kyrie eleison." Es waren Wechselgesänge mit vielen Strophen. Oft sang Pfarrer Burckhart nur eine Zeile und die Christengemeinde antwortete jubelnd im Chor. Die Kinder klatschten zu den Gesängen und tanzten vor der Krippe auf und ab. Neben der Krippe waren Ochs und Esel aus Holz symbolisch dargestellt, das sollte bedeuten: die Schöpfung hat Gott als Gott erkannt.

Müde, aber glücklich, langten Vater, Mutter und Rosamund in der Mitte der Nacht in ihrem Haus an. Die Fastenzeit war vorüber, und nun durfte man wieder essen, was das Herz begehrte. Es gab frischen Schweinebraten, den Mutter schon vor der Mette vorbereitet hatte, mit Salz, Pfeffer, Kümmel und Knoblauch gewürzt, dazu Knödel aus weißem Mehl. Dann gab es Äpfel und frische Kuchen mit getrockneten Früchten. Während des Essens unterhielt man sich, trank ein wenig Wein – auch Rosamund erhielt davon – und sie versäumte auch nicht, Hiltrud ein Stückchen des saftigen Schweinebratens auf den Boden zu legen. Es würde lange dauern, bis sie wieder gutes, frisches Fleisch zu essen bekämen.

Nach dem Essen sangen sie noch das Weihnachtslied:

„Er ist gewaltig und stark,
der zur Weihnacht geboren ward:
das ist der heilige Christ."

Dann lehnten sie sich behaglich zurück, genossen den Wein und die guten Süßigkeiten. Vater lobte die schwarze Strickmütze, die er bekommen hatte und meinte, das sei gerade das Richtige jetzt in dieser Jahreszeit, und Rosamund hatte ihre rote Strickmütze aufgesetzt, obwohl es im Haus angenehm warm war. Sie freute sich schon darauf, sie das nächste Mal, wenn sie wieder eislaufen gehen konnten, tragen zu dürfen. Obwohl die Atmosphäre freundlich – heiter war, blieb Vater etwas angespannt. Er redete nicht viel, und seine Gedanken schienen gelegentlich wo anders zu sein.

„Ist alles in Ordnung, Bernward?", fragte Mutter schließlich mit einem besorgten Blick auf ihn. „Geht es dir gut?

Gibt es irgendetwas, worüber du dir Sorgen machst?" "Ja", gab Vater schließlich zu. "Und worüber?", fragte Mutter. "Ich mache mir Sorgen um den Herzog."

"Du meine Güte!", rief Mutter aus, "als ob wir keine a n d e r e n   Sorgen hätten! Wir kämpfen hier ums Überleben, und der Herzog sitzt in seinem Palast in Wien, umgeben von einem Kreis fröhlicher Minnesänger ..." Rosamund musste an den Reuentaler denken. "Isst und trinkt vom Feinsten, und wartet, bis der Winter vorbei ist! Wir müssen daran denken, ob wir genug Holz für diesen Winter haben, ob die Nahrungsmittel reichen ..." Mutter verstummte angesichts der erschrockenen Kinderaugen. "Werden sie nicht reichen?", fragte Rosamund ängstlich. "Doch", sagte Mutter und fuhr ihr beruhigend über die Wange, "das werden sie. Mach dir keine Sorgen."

Doch Rosamund hatte mitbekommen, dass die Erwachsenen sich Sorgen machten. In ihrer kleinen, heilen Welt war sie umgeben von etwas Bedrohlichem.

"Was weißt du?", fragte Mutter schließlich. "Der Herzog sitzt leider nicht in seinem Palast und wartet den Winter ab", sagte Vater zögernd. "Er rüstete ein Heer gegen die Ungarn, wurde aber vom Ungarnkönig Bela, der ihm zuvorkam, geschlagen. Die Ungarn sind bis an die Tore Wiens vorgedrungen. Zur gleichen Zeit sind von Norden her die Böhmen ins Land eingefallen. Durch das schlechte Wetter jedoch wurde eine Vereinigung der beiden Feinde – der Böhmen und der Ungarn – verhindert. Der Herzog musste den Abzug der Feinde mit hohen Geldsummen erkaufen."

„Warum macht er denn das?", sagte Mutter ratlos, „warum gibt er keine Ruhe?" „Das kann er wahrscheinlich nicht", sagte Vater, „das liegt nicht in seiner Natur. Und die Böhmen und Ungarn sind seine erklärten Feinde." „Denk doch nur, wie weise und maßvoll sein Vater Leopold regiert hatte! Er hielt guten Kontakt zu seinen Nachbarn!"

„Friedrich ist nicht Leopold", sagte Vater. „Und dann ist noch etwas: der Herzog kommt nicht zu den vom Kaiser anberaumten Hoftagen." „Und warum nicht?", fragte Mutter. „Weil er es nicht möchte." „Muss er das denn nicht?", fragte Mutter. „Ist nicht der Kaiser sein Herr?" „Er müsste es – aber eigentlich muss er es doch wieder nicht", sagte Vater. „Es gibt ein Gesetz, „privilegium minus" genannt, in dem festgehalten wird, dass der Landesfürst nur und ausschließlich an den Hoftagen teilnehmen muss, die an den Landesgrenzen abgehalten werden. Das stammt noch aus den Zeiten seines Vorfahren, des großen Heinrich Jasomirgott. Daran hält er sich." „Wäre es nicht klüger, es trotzdem zu tun?", fragte Mutter. „Für sein und unser aller Wohl?" „Vielleicht ...", sagte Vater. „Aber ich glaube, ich weiß, was er will. Er will vom Kaiser unabhängig sein. Er möchte zur vollen Landesherrlichkeit vorstoßen."

Mutter musste plötzlich lachen. „So ein Weihnachtsfest haben wir auch noch nie erlebt", sagte sie. „Wir reden nur vom Herzog und seiner Politik, und vergessen ganz, was wir heute feiern: die Geburt unseres Herrn Jesus Christus, der für uns Mensch geworden ist! An ihn lasst uns jetzt denken!" Sie alle blickten in die Kerzenflamme, die langsam heruntherbrannte, und jeder hing seinen eigenen Gedanken nach. Dann umarmten sie einander innig und gingen zu Bett.

Rosamund schlüpfte unter ihre Decke. Innerlich war sie voll Musik, Lichterglanz und Weihnachtsstimmung. So ein Fest gab es nur einmal im Jahr! Sie musste an die Bibelstelle denken, die ihr so gefiel:

„Als die Nacht zur Mitte gelangte,
da sprang das allmächtige Wort vom Himmel,
vom königlichen Thron herab,
als harter Krieger
mitten in das dem Verderben geweihte Land."

Rosamund führ entsetzt hoch. Wie konnte sie gerade jetzt an so etwas denken? Natürlich – das war ja der Weihnachtstext. Aber in ihn mischte sich etwas Kämpferisches: das Geschrei der Böhmen und Ungarn, die sich gegenseitig befehdeten, aber auch ihr Heimatland Österreich zerstören konnten. Bis nach Wien vorgedrungen – bis an die Donau – sie hoffte und betete, dass es den Feinden niemals möglich sein würde, ihr geliebtes Stadelouwe zu erreichen. Dann schlief sie ein.

Die nächsten Monate waren grau in grau. Aufstehen, Holz holen, Feuer machen, essen, handarbeiten, tatenlos dasitzen und dem Wind zuhören, der um die Ecken jaulte und an den Fensterläden rüttelte, das Heulen der Wölfe in der Nacht, das Schneeschaufeln am Tag, und die Tage wollten kein Ende nehmen. Wie sehnte sich Rosamund nach dem Frühling! Nach dem zarten, grünen Gras, nach den Düften, nach den lauen Winden, nach dem ersten Veilchen ...
Und er kam!

DER HERZOG WIRD GEÄCHTET

Nachdem der Frühling ins Land gezogen war, hielt es Vater nicht mehr länger in Stadelouwe. Er musste nach Wien, um Neuigkeiten einzuholen. Er würde ein paar Tage bleiben. Mutter bereitete alles für die Reise vor, doch Rosamund konnte sehen, dass es ihr nicht recht war, dass Vater so lange wegblieb. „Wo wirst du denn übernachten?", fragte sie ihn. „Im Kloster Heiligenkreuz", sagte Vater. Abt Finan hatte ihm das vermittelt. „Das liegt doch eine gute Strecke weit weg von Wien", sagte Mutter, „und mitten in den Wäldern ..." „Und trotzdem erfahre ich dort mehr, als wenn ich in Wien bleibe und mich dort mitten im Zentrum niederlasse. Heiligenkreuz ist ein Ort der Begegnung, der Kultur, des Meinungsaustausches. Es ist ein Babenberger – Ort. Die Mönche wissen Bescheid. „Sind es auch Benediktiner?" „Es sind Zisterzienser, aber sie leben ebenfalls nach der Regel des Heiligen Benedikt: ‚Ora et labora'."

Am nächsten Tag war Vater verschwunden, und das Haus war merkwürdig leer. Mutter und Rosamund bemühten sich zwar, die Tage schön zu gestalten; sie erledigten die Hausarbeit, sie sahen nach den Tieren, und die Katze Hiltrud saß auf der Hausbank und ließ sich die ersten schwachen Sonnenstrahlen auf den Pelz scheinen. Nachbarn kamen vorbei; man plauderte auf dem Anger. In Stadelouwe kehrte wieder Leben ein.

Aber Vater fehlte; sein schneller Schritt, mit dem er zur Tür hereinkam, Mutter umarmte, Rosamund fest an sich drückte; sich zum Tisch setzte und alle erwartungsvoll ansah, das alles fehlte ihnen. Sein leerer Platz am Tisch bedrückte sie. Selbst Hiltrud schlich herum, mit gesenktem Schwanz. Sie fühlte, dass der Hausherr nicht hier war.

Doch eines Morgens war er wieder da. Und er brachte schlechte Nachricht mit. „Der Herzog ist geächtet", sagte er, als sie das erste Mal wieder gemeinsam beim Frühstückstisch saßen. „Um Himmels willen", sagte Mutter entsetzt, „was bedeutet denn das?" „Er ist nicht mehr Herr in seinem eigenen Land. Er hat kein Land mehr. Sein Land gehört jetzt dem Kaiser." „Aber was hat er denn getan?", fragte Mutter unglücklich. „Er hat sich dem Kaiser widersetzt. Er ist nicht zu den Hoftagen gekommen, zu denen er hätte kommen sollen."

„Was wirft man ihm denn sonst noch vor?", fragte Mutter. „Er erhebt außerordentliche Steuern, er beschlagnahmt Geld in den österreichischen Klöstern. Es ist aber so", sagte Vater, „dass neben den üblichen Steuern bei gewissen Notständen wie Krieg oder Naturkatastrophen auch außerordentliche Steuern eingehoben werden dürfen; das steht ihm einfach zu. Deshalb stehen auch viele Klöster zum Herzog – wie zum Beispiel Heiligenkreuz."

„Wer ist jetzt unser Herr?", fragte Rosamund. „Der Kaiser", sagte Vater, „und er wird dieses Lehen wohl nicht mehr aus der Hand geben."

Rosamund wusste nicht, was er meinte. Sie schlich hinaus in den Garten und ließ die Erwachsenen die Dinge weiter besprechen. Wenn sie etwas t u n konnte, dann war sie stark und mutig; wenn aber nichts für sie zu tun war, außer sich ins Unvermeidliche zu schicken, dann suchte sie Trost in der Natur und bei ihren Tieren.

Sie setzte sich auf die Hausbank und beobachtete die Hühner, die im Sand scharrten und herumpickten; den Hahn, der gravitätisch herumschritt mit seinen blaugrünen Schwanzfedern und mit einem herausfordernden „Tok tok tok" seine Familie zur Vorsicht mahnte. Sie wussten nicht, dass der Herzog sein Land verloren hatte. Sie wussten nicht, dass sie kaiserliche Hühner geworden waren.

Von diesem Zeitpunkt, an dem Vater ihnen mitgeteilt hatte, was geschehen war, sah sie Reginhard nicht mehr. Er war ihr ab und zu über den Weg gelaufen; in Eile zwar, aber es was doch immer Zeit gewesen, ein paar freundliche Worte zu wechseln. Er war verschwunden. Eines Tages hielt sie es nicht mehr länger aus, und sie fragte Vater: „Ist alles im Kloster in Ordnung?" „Ja", sagte Vater verwundert, „warum fragst du? Was sollte denn nicht in Ordnung sein?" „Wegen der Böhmen vielleicht", sagte Rosamund und fühlte, wie ihr das Blut in die Wangen stieg, „wenn sich eine Schar an das Kloster heranwagt ... das Kloster liegt außerhalb des Dorfes ... Herr Diepold kann sie nicht schützen ..." „Die Mönche können sehr gut auf sich selbst aufpassen. Jeder kann mit einem Schwert umgehen", sagte Vater. „Abt Finan auch?", fragte Rosamund. „Der zu allererst", sagte Vater. „Er stammt aus einer Adelsfamilie und da lernt man schon frühzeitig, mit der Waffe umzugehen."

Rosamund war beruhigt. Noch mehr aber als die Äußerungen ihres Vaters beruhigte sie etwas anderes: sie hatte einen Plan gefasst.

DER GEHEIME WEG IN DIE KLAUSUR

Die Heckenrosen blühten, die Hollerbüsche standen in ihrem weißen Kleid, die Felder waren grün von der aufgegangenen Saat, die Vögel sangen und Stadelouwe prangte im frühsommerlichen Schmuck.

Rosamund schritt über den Anger, sah die Kinder auf dem frischen grünen Rasen spielen, die Frauen am Dorfbrunnen plaudern und eine Schar Gänse schnatternd dahin ziehen. Sie verließ das Dorf und nahm ihren Weg Richtung Donau. Ihr Ziel war die Klostermauer. Bei dem Holunderbusch untersuchte sie die Steine. Sie ließen sich nach wie vor leicht herausnehmen. Sie schlüpfte hindurch und blieb herzklopfend an der Klostermauer stehen. Aber niemand sah sie. Niemand war da. Die dicken Sträucher und Büsche, die an der Innenseite der Klostermauer wuchsen, verbargen sie vollständig. Es war die Mittagsstunde, und alles schien zu ruhen.

Nun überlegte sie, was zu tun sei. In die Kirche konnte sie nicht gehen, da musste sie einen freien Platz überqueren, und dabei konnte sie gesehen werden. Es war jedoch nur über den Weg durch die Kirche möglich, in den Kreuzgang und damit in die Klausur einzudringen. Und wenn man sie erwischte, was sagte sie dann? Sie wollte ihren Vater holen, in einer dringenden Angelegenheit, und sie wusste, dass er sich im Skriptorium befand. Das wieder stimmte nicht, denn er war zu Hause. Sie hoffte und betete, dass ihr Schutzengel ihr einen Weg zu dem zeigen würde, was sie vorhatte.

Und er zeigte ihr den Weg. Als sie um eine Ecke bog, sah sie Reginhard im weichen Gras sitzen, an die Mauer gelehnt, die Beine hochgezogen; er starrte blicklos vor sich hin. Sie erschrak, als sie ihn sah. Er war stark abgemagert, bleich, und glich einem Halbtoten. Er aber erschrak ebenso, als er sie gewahr wurde. „Wie bist du hier hereingekommen?", sagte er leise. „Durch die Mauer – so wie du es mir gezeigt hast." In seinen grauen Augen glomm ein Licht auf. „Du bist ein mutiges Mädchen", sagte er. „Ja, das bin ich", sagte sie, und das ganz ohne Stolz. Sie wusste, dass sie das, was sie sich zum Ziel gesetzt hatte, auch würde erreichen können; zumindest, dass sie alles daran setzen würde, es zu tun.

„Was ist mit dir?", sagte sie dann und ließ sich neben ihm nieder. „Wo bist du?" „Hier", sagte er düster, „nach wie vor." „Ich sehe dich nicht mehr; ich habe mir Sorgen gemacht", sagte Rosamund einfach. „Ich werde gehalten wie ein Gefangener", sagte er, „ich darf das Kloster nicht verlassen." „Warum?", fragte Rosamund, „und seit wann?" „Warum, das weiß ich nicht, seit wann: seit ein paar Wochen. Das geht sogar so weit, dass meine Zelle des Nachts abgesperrt wird. Eines Nachts wollte ich sie verlassen, nur in den Kreuzgang hinausgehen, um den Duft der Pflanzen zu riechen, um ein Stück des Himmels zu sehen – und die Türe war versperrt." Seine Stimme schwankte bedenklich. „Wer macht das, und vor allem: warum macht man das?" „Ich weiß es nicht", sagte Reginhard. Beide Kinder schwiegen.

„Hast du einen Vertrauten hier im Kloster?", fragte Rosamund schließlich. „Jemanden, dem du dich anvertrauen kannst?" „Ja, den habe ich", sagte Reginhard, „das ist Pater Walther. Er ist unser Lehrer. Er unterrichtet uns in allem Wissenswerten, ich gehe aber auch ganz alleine zu ihm, und er unterrichtet mich in ganz speziellen Fächern, wie zum Beispiel Kosmogonie..." „Kosmogonie?", fragte Rosamund verwundert. „Was ist denn das?" „Landeskunde", sagte Reginhard, „das ist die Lehre von den Ländern, also Wissenswertes über die Länder..." „In diesem Gegenstand wirst du alleine unterrichtet?" „Ja", sagte Reginhard. „Warum?", fragte Rosamund. „Weil Abt Finan es so will. Er bestimmt." Er dachte eine Zeit lang nach.

„Unlängst lernten wir etwas Besonderes in Literaturgeschichte. Es ging da um einen Kaufmann namens Lienhart. Stell dir das einmal vor!" Er setzte sich auf und blickte sie an.

„Dieser Kaufmann war jahrelang auf Reisen. Als er zurückkam, hatte seine Frau ein Kind geboren. Sie erzählte ihm, sie hätte vor einiger Zeit Schnee gegessen, während sie an ihn gedacht hatte. Daraufhin sei sie schwanger geworden und hätte dieses Kind geboren. Es sei also sein Kind. Herr Lienhart nahm das zu Kenntnis; er war ein guter Vater; und eines Tages nahm er seinen kleinen Sohn mit auf die Reise in den Orient. Er kam ohne ihn zurück und erzählte seiner Frau, das Kind sei in der südlichen Sonne geschmolzen."

„Das ist eine unsinnige Geschichte", sagte Rosamund und schüttelte den Kopf. „Ja!", sagte Reginhard und lachte ein bisschen. „Und was folgerst du daraus?" „Gar nichts", sagte Rosamund. „Die Leute reisten! Schon in frühen Zeiten; monatelang, Jahre lang!" „Willst du Kaufmann sein?", fragte Rosamund ungläubig. „Nein", sagte Reginhard, „aber ich möchte die Welt sehen, die Länder bereisen ..." „Als Pilger?", fragte Rosamund vorsichtig. „Nein!" Er schüttelte den Kopf über so viel Unverstand. „Einfach so! Ich möchte sie kennenlernen, ich möchte sehen, wie es dort aussieht!" „Würdest du weggehen aus dem Kloster, wenn du die Möglichkeit dazu hättest?", fragte Rosamund. „Ja, sofort!", sagte Reginhard. „Weiß jemand, dass du das gerne möchtest?" „Gesagt habe ich es natürlich niemandem. Aber Pater Walther weiß es; er ist mein Beichtvater. Aber ich bin sicher, dass es alle anderen ebenfalls wissen." „Alle anderen ebenfalls?", fragte Rosamund erstaunt. „Es gibt doch das Beichtgeheimnis! Er darf es doch nicht sagen!" „Das hat er auch nicht", sagte Reginhard, „aber es gibt auch andere Möglichkeiten, das herauszufinden. Ich habe sehr große Schwierigkeiten mit dem Gehorsam. Das heißt, ich versuche, das zu tun, was man mir aufträgt, aber alle merken, dass ich das nicht möchte. Das grenzt bei den Benediktinern an ‚Hochmut', und das ist das, was am schwersten geahndet wird."

Wieder trat eine Pause ein. Beide schwiegen, und Rosamund war glücklich, dass das Schicksal ihnen endlich die Gelegenheit gab, Großes und Schweres in Ruhe zu besprechen. „Es gibt drei Dinge", sagte Rosamund langsam, „die du herausfinden solltest: w a r u m bist du hier, w e r sind deine Eltern, und w a r u m wirst du hier festgehalten." „Ja", sagte Reginhard. „Vielleicht hat das Kloster Land dafür bekommen, dass es mich hier aufgenommen hat, und wenn ich fort bin, dann ist das Land auch fort." Er lachte ein bisschen. „Versuche es herauszufinden. Wenn du ein kleines Teilchen ausfindig machst, vielleicht wird dann das eine oder andere klarer." „Ja", sagte Reginhard. „Ich könnte mir vorstellen, dass Pater Walther dir dabei helfen kann, er ist Prior des Klosters, Vertrauter des Abts, hat Zugang zu allem und jedem …" „Ja", sagte er wieder. „Und versuche auf deine Gesundheit zu schauen. Versuche, mehr zu essen. Wenn du gewinnen willst, wenn du den Kampf mit jemandem aufnehmen willst, dann musst du stark und kräftig sein." „Ja!", sagte er, und zum ersten Mal trat ein hoffnungsvoller Schimmer in seine Augen. „Ich werde mich an ihn wenden."

KATZENJAGD

Hiltrud war eine berühmte Katze; sie war die schönste Katze im ganzen Ort. Ihr Fell war weiß und seidig, und wenn sie in der Sonne saß, schimmerte das Innere ihrer Ohren rosa. Um die Nase herum hatte sie einen schwarzen Fleck, der ihr ein lustiges Aussehen gab, und auch ihre Schwanzspitze war schwarz. Manchmal saß sie auf dem Hackstock im Garten und putzte sich; meistens aber schlenderte sie durch das Dorf, um zu sehen, ob es für sie etwas zu tun gab. Es gab wohl keinen Hund im weiten Umkreis, dem sie nicht schon mit ihren scharfen Krallen eins ausgewischt hätte, deshalb hielten diese auch einen gehörigen Abstand von ihr.

Heute jedoch befand sie sich in einer misslichen Lage. Sie saß auf dem untersten Ast der Dorflinde, umringt von einigen wütenden Kläffern, die nur darauf warteten, dass Hiltrud herunter kam, um sich an ihr zu rächen. Rosamund lehnte sich an den Gartenzaun und wartete, was da kommen würde. Sie war sicher, dass Hiltrud sich aus der Schlinge würde ziehen können; aber wie?

Plötzlich machte diese einen gewaltigen Satz, sprang über die Hunde, die sich am Baum aufgerichtet hatten, hinweg, zischte wie ein Blitz über den Anger und war im Festen Haus verschwunden. Dort war die große, schwere Eingangstür einen Spalt geöffnet, was ungewöhnlich war, und dieser schmale Spalt hatte für sie genügt, sich hindurchzuzwängen. Die Hunde standen ratlos vor dem Tor, hinein konnten sie nicht, das Bellen nützte nichts, und so kehrten sie unverrichteter Dinge wieder auf den Anger zurück.

Rosamund jedoch war der Katze gefolgt, fest entschlossen, sie wieder herauszuholen. Vor Herrn Diepold hatte sie keine Angst, und falls ihr einer der Knechte begegnen würde, würde sie ihm Bescheid sagen. Es war merkwürdig still im Haus; vielleicht waren alle auf den Feldern. Vielleicht war Herr Diepold auch zur Jagd ausgeritten, obgleich im Augenblick keine Jagdzeit war. Aber die hohen Herren mussten sich an derlei Dinge ja nicht halten.

Vorsichtig ging sie durch einen kleinen Hof und stand dann in einem größeren, in dessen Mitte sich ein Taubenschlag befand. Weiße Täubchen befanden sich in ihm und schwirrten auf und nieder, ein Pfau schritt gravitätisch herum und stieß seine hässlichen Schreie aus. In der Ecke stand ein Rosenstrauch, daneben eine Bank. Hiltrud war nirgends zu sehen. Sie musste ins Haus.

Sie öffnete die Türe rechts von ihr. Da war ein weiterer kleiner Raum, und anschließend befand sich das repräsentative Wohnzimmer, in dem zwei Jahre zuvor das Fest stattgefunden hatte. Sie schob sich durch die Tür. Da war der Kamin, daneben die lauschige Ecke. Da sah sie den Herzog, der in einem bequemen Faltstuhl saß, und vor sich hinblickte. Im gleichen Augenblick jedoch sah er sie. Seine Hand fuhr zu Dolch. Doch als er das Kind in dem einfachen, blauen Kleid vor sich sah, ließ er die Hand wieder sinken.

„Du suchst deine Katze?", fragte er. So hart und befehlsgewohnt seine Stimme sonst sein mochte, in diesem Augenblick war sie ruhig und freundlich. „Sieh dort drüben nach, sie ist unter den Teppich gekrochen." „Ja", flüsterte Rosamund.

Sie ging zu dem Teppich, bei dem sich allerdings eine kleine Erhebung ausbuchtete, und zog die Ungehorsame hervor. Hiltrud fauchte und kratzte und zeigte sich nicht willig, mitzugehen, und sie musste das Tierchen fest an sich drücken. Bevor sie mit einem Gruß hinausstolperte, sah sie noch andeutungsweise einen belustigten Zug um seinen Mund. Draußen ließ sie die Katze fallen, die das Weite suchte, und schloss sorgfältig die Tür.

Mutter stand in der Küche und bereitete das Abendessen. Vater hatte sich zu ihr gesetzt, und sie besprachen die Dinge, die ihnen am Herzen lagen. „Der Herzog ist jetzt in Neustadt", sagte Vater, „das ist die Stadt, die ihm die Treue hält, und von dieser Stadt aus wird es ihm vielleicht gelingen, sein Land wieder zurückzuerobern.

„Der Herzog ist im Festen Haus", sagte Rosamund. Ihre Stimme schwankte. Auf ihren Wangen waren rote Flecken. „Nämlich dort, wo die Katze war." Mutter sah auf Hiltrud, die auf der Kiste neben dem Herd saß, und sich putzte. „Welche Katze?", fragte Mutter. „Hiltrud." Mutter sah Rosamund erstaunt an, dann fühlte sie ihre Wange. „Bist du vielleicht krank? Hast du Fieber?" „Nein", sagte Rosamund. Vater betrachtete sie aufmerksam. „Der

Herzog ist in Neustadt, dort darf er nicht heraus!" „Er ist bei Herrn Diepold", sagte Rosamund fest.

Vater stand auf. „Da sollte doch der ..." „Bernward, bitte nicht", sagte Mutter schwach. „Aber – das grenzt ja an Tollkühnheit!" „Ich weiß nicht, an was das grenzt, aber ..." „Tollkühn ist er", sagte Vater schließlich, „er fürchtet nichts und niemanden. Aber – sich da herauszuwagen – er setzt sein Leben aufs Spiel!" „In Verkleidung ... möglich wäre es schon ..."

„Und du bist ganz sicher, dass es der Herzog war?", sagte Vater schließlich. „Ja", sagte Rosamund.

Heute, beim Abendgebet, gab es drei Personen, die den Herzog mit in das Gebet einschlossen; dass es ihm gut ergehen möge, dass seine Engel ihn beschützen mögen, und dass ihm alles gelingen sollte, was er anstrebe.

DER HERZOG WIRD
VOM BANN FREIGESPROCHEN

Das Leben im Dorf ging seinen gewohnten Gang, man arbeitete und feierte, man sprach über den Herzog, man besuchte die Messe. Rosamund und ihre Freundinnen gingen in ihrer freien Zeit an die Donau, um zu spielen, im klaren Wasser zu schwimmen und den sanften Wind zu genießen, der über die Auen wogte.

Interessant war es auch, sich auf der anderen Seite des Dorfes aufzuhalten, wo das Gasthaus „Zur Mücke" stand. Das war das Gebiet der Fischer. Rosamund bewunderte die Fischer, es waren starke, kräftige Männer, die Hitze und Kälte gleichermaßen ertragen konnten. Ihre Kenntnisse waren groß; sie mussten wissen, wann, zu welcher Zeit und bei welchem Wetter die entsprechenden Fische zu fangen waren. Man fing mit Reusen und Netzen, und diese waren oft zum Trocknen vor den Häusern aufgebreitet, auf Sträuchern, die mit ihren Verästelungen dem Trocknen der Netze entgegenkamen. In den langen Wintermonaten wurden sie dann ausgebessert und geflickt.

Die Fischer waren fleißig und gottesfürchtig, und auf ihren Rudern und Booten waren oft eingekerbte Christogramme. Sie standen für die Bitte um einen guten Fang, zeigten aber auch die Demut ihrer Besitzer vor dem alles bewirkenden Schöpfer. Ihre Patrone waren der Heilige Petrus und der Heilige Andreas. Das Evangelium vom reichen Fischfang berichtete über sie. Beim Fischen mit der Angel kam es wieder auf die Wahl des Köders an. Die Suche nach dem richtigen Köder für den entsprechenden Fisch war immer ein bisschen geheimnisumwittert. Man fischte mit Regenwürmern, die Raubfische wie den Hecht lockte man mit lebenden Fischen, und diese verschluckten dann den Fisch mit der Angel; im April und Mai gab es Feldgrillen und Heuschrecken, als Köder gab es aber auch Speck, Brot, Erbsen, Käse und vieles mehr. Ein jeder hatte seine speziellen Ideen, um einen guten Fang zu tun, und manchmal bebte das Gasthaus „Zur Mücke" geradezu von dem Geschrei der Fischer, die Erfahrungen miteinander austauschten und Geschichten von unglaublichen Begebenheiten erzählten, die sie während der dunklen Nächte auf der Donau erlebt zu haben glaubten. Manchmal gab es auch ein mächtiges Gepolter im Gasthaus, wenn sich Kontrahenten in die Haare gerieten, und schließlich endete doch alles immer in einem großen Gelächter und fröhlichem Stimmengewirr, zu dem sicher auch das gute Bier – es wurde, wie Rosamund wusste, im Kloster gebraut – nicht unerheblich dazu beitrug.

Vater liebte es, ab und zu einmal das Gasthaus „Zur Mücke" zu besuchen und den Fischern zuzuhören. Sie waren wichtige Leute, und der Wohlstand des Dorfes war auf ihrem Fleiß begründet. Er kam dann immer sehr gut gelaunt nach Hause und erzählte, die Unterhaltung, die ihm dieses Gasthaus bot, sei mit nichts anderem zu vergleichen. Sie lenkte von den betrüblichen politischen Gegebenheiten ab und zeigte das Alltagsleben der Leute in all seinen Spielarten, wobei aber auch im Gasthaus politische Gespräche geführt wurden. Die Leute wussten Bescheid. Das war sicher auch deshalb, weil sie durch den Fischhandel oft nach Wien kamen, und so mit der „großen Welt" Kontakt hatten.

Und eines Tages gab es eine gute Nachricht: der Herzog hatte wieder das Wohlwollen des Kaisers erlangt. Wie schön war es jetzt für alle, zu wissen, dass wieder Friede herrschte! Und eines Tages war auch Reginhard wieder da. „Ich darf heraus!", rief er Rosamund zu. Rosamund freute sich von Herzen.

Das war das Jahr des Herrn 1240. Es war Hochsommer, und es war Friede. Und alle wünschten sich, dass dieser Friede ewig dauern würde.

DIE MONGOLEN KOMMEN!

Doch dem war nicht so. Ein paar Jahre später erreichte eine böse Nachricht das kleine Angerdorf Stadelouwe: die Mongolen waren los! Aus Asien kommend, sich über Russland und Dalmatien ergießend, waren ihre ledergepanzerten Rosse bereits in Ungarn erschienen. Wie eine böse, unheilvolle Woge wälzten sie sich über die Länder, mordend, sengend, alles niederbrennend.

„Werden wir denn niemals zur Ruhe kommen?", klagte Mutter. Sie legte ein paar Eier, die sie aus dem Hühnerstall geholt hatte, in eine Holzschüssel und setzte sich auf die Bank. „W a n n wird endlich Ruhe sein – unter diesem Herzog?" „Da kann der Herzog nichts dafür", erklärte ihr Vater, indem er sich neben sie setzte und ihre Hand nahm. „Man sagt, einzelne Scharen wären sogar bis nach Neustadt vorgedrungen. Der Herzog hätte seine Streitkräfte gesammelt und sei dem Feind entgegengetreten. Es hätte einzelne kleine Gefechte gegeben."

„Wer sagt das?", fragte Mutter. „Die Heiligenkreuzer", sagte Vater kurz. Es entstand eine Pause. „Könnte es sich nicht um Klostergeschwätz handeln?", fragte Mutter schließlich. „Nein", sagte Vater, „die wissen schon, was sie reden." „Wie nennt man den Herzog? Du hast es mir einmal gesagt." „Er hat tatsächlich einen Beinamen", sagte Vater, „ man nennt ihn ‚bellicosus', das heißt ‚der Streitbare'." „Siehst du", sagte Mutter, „genau das ist das Schreckliche an dieser Herrschaft. Immer fängt er neue Händel an!" „In diesem Fall nicht", sagte Vater, „ und sonst eigentlich auch nicht. Er versucht, sein Land – und damit uns – zu schützen. Er lässt die schlecht erhaltenen Burgen an der ungarischen Grenze ausbessern – mit seinem Geld. Niemand hilft ihm. Der deutsche Kaiser sitzt in Italien. Auf was er wartet, weiß ich nicht."

„Sind die Mongolen uns schon so nahe?", fragte Rosamund leise. „Nein, noch nicht", beruhigte sie Vater, „und unser Herzog versteht es, uns zu beschützen. Er hält sie von unseren Grenzen fern."

Abends aber, als Rosamund schon im Bett lag, hörte sie die Eltern flüstern. Das, was sie redeten, war offensichtlich nicht für ihre Ohren bestimmt. „Es sind ein paar Streifscharen der Mongolen über die March, wo sie mit österreichischen Truppen zusammentrafen. Sie wurden aber wieder zurückgetrieben. Sie haben sich in Ungarn festgesetzt. Überall, wo sie hinkommen, verbreiten sie Tod und Verderben. Leute werden ermordet, ganze Dörfer werden zerstört ..." Rosamund setzte sich in ihrem Bett auf. Ihr Herz klopfte. „Bernward, bitte nicht ...", flüsterte Mutter. Sie blies die Kerze aus, und Rosamund hörte, dass auch ihre Eltern sich zur Ruhe legten.

Morgen war wieder ein Tag. Und beim hellen Tageslicht war es nicht mehr so fürchterlich, an die Mongolen zu denken, die sich mordend und alles verwüstend ganz in ihrer Nähe herumtrieben. Uns so war es auch. Als sie den Hahn krähen hörte und durch das kleine Fenster das Tageslicht schimmern sah, freute sie sich. Das Bedrohliche der Nacht war verschwunden.

OSTERFEST IN STADELOUWE

Merkwürdig war, dass sich nun alle auf das Osterfest vorbereiteten, obwohl der kleine Ort von Gefahren umgeben war, die niemand so recht kannte und abzuschätzen vermochte. Man feierte die Auferstehung des Herrn, obwohl es ganz in ihrer Nähe Krieg, Aufruhr, Gewalt, Leid und Tod gab.

Der Palmsonntag wurde mit großem Glockenklang eingeleitet. Es formierte sich ein Zug, angeführt von einem fahrbaren Brett auf Rädern. Auf diesem befand sich ein schöner, holzgeschnitzter Esel. Auf diesem wieder saß Jesus, ebenfalls in Holz geschnitzt, mit feierlichem Antlitz, die Hand segnend erhoben. Dahinter schritten Pfarrer Burckhart, dann kamen die Ministranten, Herr Diepold mit seiner Frau Reglindis und seinem Gefolge, dann die Fischer in ihren schönen grauen Gewändern, und schließlich das ganze übrige Volk, das sich anschließen wollte. Den Schluss bildeten die Kinder, von denen einige Polster trugen, auf denen sich die Marterwerkzeuge Christi befanden: Hammer und Nägel, die Dornenkrone, das Kreuz.

Der triumphale Einzug Jesu erinnerte an die Geschehnisse in Jerusalem, als ihn von 1240 Jahren alle begrüßten und willkommen hießen, die Kinder am Ende der Reihe trugen auf ihren Polstern bereits die Marterwerkzeuge. Das deutete auf den blutigen Karfreitag hin, an dem er getötet werden sollte.

Am Gründonnerstag gab es in fast allen Familien eine ‚grüne' Suppe. Das war so Brauch im Dorf: mit Schnittlauch, Petersilie, Löwenzahn, Lauch und jungem Spinat. Dazu konnte man Brot essen, um satt zu werden. Alle warteten schon sehnsüchtig auf den Sonntag, an dem das Fasten zu Ende war, und man wieder alles essen und trinken durfte, was man zu Hause hatte, oder was man sich besorgen konnte.

Am Gründonnerstag flogen auch die Glocken fort; wohin, das wusste man nicht so ganz genau. Auf jeden Fall verstummte das Läuten, das Rosamund so liebte, und würde erst wieder zu hören sein am Ostersonntag, im vollsten Klang, um allen Menschen zu verkünden: der Herr ist wahrhaft auferstanden! Aber noch war es nicht so weit. Alles, was mit Messe und Kirchgang zu tun hatte, wurde mit Ratschen angekündigt. Dieses hässliche, knatternde Geräusch der Ratschen verfolgte sie bis in ihre Träume. Wie sehr freute sie sich schon auf das melodische Glockengeläute, das den Ostermorgen verkündete!

Der Karfreitag war da, und alle dachten an das Leiden und Sterben ihres Herrn. Die Leute gingen ihrer Arbeit nach, es herrschte eine große Ruhe. Ebenso verlief der Karsamstag, und plötzlich war er da, der Ostersonntag, den alle so ersehnten!

Festliches Glockengeläute weckte Rosamund. Noch nie war sie so schnell aus dem Bett gesprungen wie an diesem Tag! Die Fastenzeit war vorüber. Christ war erstanden! Sie schlüpfte in ihr schönes Kleid, Mutter kämmte ihr das dichte, braune Haar und flocht Bänder hinein.

Sie und Vater waren ebenfalls festlich gekleidet. Rosamund ergriff das Körbchen mit den gekochten, bunt bemalten Ostereiern und zu dritt machten sie sich auf den Weg in die Kirche. Wie schallte heute die Musik der Geigen und Trompeten! Ein schöner Chor sang:

„Christ ist erstanden,
von der Marter alle",
und ein zweiter fiel jubelnd ein:
„des solln wir alle froh sein,
Christ soll unser Trost sein!"
Und sie alle sangen dann: „Kyrie eleison!"

Nach der Messe war die Speisenweihe, und dann ging es hinaus auf den Anger. Um die Linde herum waren Tische und Bänke aufgestellt, und man aß die geweihten Speisen; das waren die Ostereier; dazu gab es Salz, Brot, Butter und Käse. Wie wohl tat das nach der langen Fastenzeit! Rote Eier und bunt bemalte schenkte man auch seinen Freunden. Rosamund gab Pauline ein grünes, das mit gelben Tupfen übersät war, und Ida ein blaues mit feinen gelben Strichen. Zu ihrer großen Freude gesellte sich auch Reginhard zu ihnen. Sie sah auch Abt Finan, der sich mit Pfarrer Burckhart unterhielt, sowie Bruder Walther und einige andere, die Rosamund dem Namen nach nicht kannte. Auch Herrn Diepold sah sie, wie er von Tisch zu Tisch ging und die Leute begrüßte, mit ihnen sprach, und stets zu einem Scherz bereit war. Er war auch einem guten Schluck nicht abgeneigt, und am längsten hielt er sich bei der Gruppe der Fischer auf, die ja für den Ort Stadelouwe eine besondere Bedeutung hatten. Es gab da sicher auch einiges zu besprechen. Herr Diepold hatte die Fischgerechtigkeiten inne, und auch Vater wusste in dieser Angelegenheit einiges mitzureden.

Rosamund suchte ein besonders schönes Ei aus ihrem Körbchen und gab es Reginhard. „Nimm!", sagte sie, „es soll dir Glück bringen." Seine Freude war viel größer als sie erwartet hatte. Er starrte auf das Geschenk und dann auf Rosamund. „Iss es, und iss es mit Salz!", sagte sie. „Das bringt doppeltes Glück." Sie lächelte ihn an und er lächelte zurück. Dann setzte er sich zu ihr an den Tisch, wo auch die Eltern, Pauline, Ida, Ilse, Hedwig und deren Eltern saßen. Rosamund wollte gerne mit Reginhard alleine sprechen, aber das war nicht möglich.

In einem unbewachten Augenblick flüsterte sie ihm zu: „Hast du etwas von den Mongolen gehört?" „Ja", sagte er. „Was?" „Sie machen sich bereit, in unser Land einzufallen." „Was können wir tun?" „Wir können nichts tun. Außer sich bei Gefahr in unsere Wälder zu flüchten. Ich weiß nicht, ob unser Kloster einem solchen Ansturm standhalten würde. – Wir haben jetzt übrigens ein neues Gebet", fügte er hinzu. „Welches?", fragte Rosamund. „Der Abt sagt am Ende jeder Messe: ‚Der Herr bewahre uns vor dem Einfall der Fremdstämmigen!'" „Das könnten aber doch auch die Ungarn sein!" flüsterte Rosamund zurück, „Vater hat mir erzählt, dass die Ungarn in unser Land wollen, und dass der Herzog die Festungen auf seine eigenen Kosten hat instand setzen lassen, um sie in Schach zu halten." „Das stimmt; das habe ich auch gehört", sagte Reginhard, „aber die größere Gefahr sind jetzt sicher die Mongolen. Die wollen ja ganz Europa überschwemmen."

Rosamund war es gleichgültig, wer da nun hereinkam und sie bedrohte; sie wollte, dass sie draußen blieben und ihrem lieben Stadelouwe nichts geschähe. Sie wollte glücklich mit ihren Eltern in ihrem schönen Zuhause leben, und sich jeden Tag ihres Lebens freuen. Sie wollte im Frühling Blumen pflücken, im Sommer die goldenen Ährenfelder sehen, im Herbst die Farbenpracht der Au genießen, und im Winter auf der zugefrorenen Donau Schlittschuh laufen. Sie empfand es als ungerecht, dass fremde Leute kommen würden, um ihr Glück zu zerstören.

„Bevor wir also alle zugrunde gehen", sagte Rosamund leise, „sollten wir einmal schauen, wer dich in dieses Kloster gebracht hat. Bevor ich sterbe, würde ich das gerne wissen!" Es sollte heiter klingen, aber es kam ein bisschen schwermütig heraus. „Ich auch", sagte Reginhard düster. Seine gute Stimmung war gewichen. „Aber, wenn ich das herausfinden sollte", seine Stimme wurde noch leiser, „dann schwöre ich dir – ich würde keinen Kontakt zu ihnen suchen, nichts …" Er brach ab. „Das ist ganz gleichgültig, was du dann machst", sagte Rosamund beschwörend, „das Wissen allein wird dir Macht geben, und eine große Sicherheit."

Die Klosterleute mahnten zum Aufbruch und Reginhard musste sich ihnen anschließen. Er erhob sich, um ihnen zu folgen. Bevor er ging, schloss er noch alle mit seinem gewinnenden Lächeln ein. Dann war er wieder einer der Ihren.

MORD IM KLOSTER

Es tat gut, in der warmen Frühlingssonne zu arbeiten, kleine Besorgungen zu machen, in der Au Blumen zu pflücken und die Frühlingsvögel singen zu hören. Doch eines Morgens kam Vater mit einer Schreckensnachricht nach Hause zurück. „Im Kloster ist ein Mord geschehen!" Mutter und Rosamund trauten ihren Ohren nicht. Beide starrten sie Vater entgeistert an. Rosamund hörte sich fragen, und es war ihr, als käme diese Stimme nicht aus ihr selbst. „Wer wurde ermordet?" „Pater Walther, der Lehrer der Novizen, die rechte Hand des Abts!" „Gott sei gelobt!", dachte Rosamund inbrünstig, aber zugleich schämte sie sich dieses hässlichen Gedankens. Sie hatte geglaubt man hatte Reginhard ermordet; aus welchen Gründen auch immer. Nun hatte es Pater Walther getroffen, seinen gütigen, väterlichen Freund.

„In welcher Welt leben wir?", klagte Mutter und wiegte sich auf dem Sessel, auf den sie sich hatte setzen müssen, hin und her, wie immer wenn sie sich in großer Aufregung befand. „Es ist doch nicht möglich, dass dieser Mensch irgendjemandem irgendetwas zuleide getan hat! Er war ein Vorbild für alle!" „Und sehr beliebt bei seinen Schülern", fügte Rosamund hinzu.

„Es gibt Strömungen im Kloster, von denen wir bestimmt keine Ahnung haben", sagte Vater, „auch ich nicht, wo ich fast täglich dort bin. Es gibt auch dort so etwas wie

Neid, Eifersucht – auch an solch einem heiligen Ort – wie das eben ist, wenn Menschen in einer engen Gemeinschaft zusammenleben." „Vielleicht hat er etwas getan und wurde dafür bestraft", sagte Rosamund langsam. „Vielleicht war es aber auch ein Unfall", hoffte Mutter. „Nein, das war es nicht", sagte Vater kurz. „Er wurde erstochen, von hinten – es war glatter Mord. Wo genau es geschehen ist, weiß man nicht. Möglicherweise schleppte man den leblosen Körper in den Kreuzgang und ließ ihn auf dem Rasen liegen." „Dort wo die Rosenbüsche stehen?", fragte Rosamund. Vater sah sie mit großen Augen an. „Ja", sagte er schließlich. „Ist es von dort, wo er gefunden wurde, weit bis zum Zimmer des Abts?" wagte Rosamund eine letzte Frage. Wieder sah Vater sie forschend an. „Nein", sagte er dann.

Die Kunde von dem Mord hatte sich mit Windeseile im Dorf verbreitet. Rosamund wunderte sich immer, wie schnell so etwas ging. Die Leute standen beisammen; die einen gestikulierten heftig, die anderen waren sprachlos. Rosamund hätte für ihr Leben gerne gewusst, ob man Herrn Diepold schon Bescheid gesagt hatte. Aber sicher wusste er es schon. So wanderte sie ziellos herum, um ihrer Aufregung Herr zu werden, besprach sich mit ihren Freunden und Freundinnen, ging weiter an die Donau bis zum Gasthaus „Zur Mücke", vor dem die Fischer zusammenstanden, dann wieder zurück in ihr Elternhaus, durch den Gang hindurch, in den Garten, und setzte sich erschöpft auf eine Bank, um ihre Gedanken zusammenzufassen.

Es war ihr klar, dass der Mord mit der Bitte Reginhards an Pater Walther in Zusammenhang stand. Dann wieder verdrängte sie diesen Gedanken wieder und malte sich aus, dass es eine innere Fehde zwischen den Mönchen gegeben hätte. Streben nach Macht, Neid, Hass, Eifersucht – wie leicht konnte das bei Männern, die so nahe beisammenlebten und einander so ausgeliefert waren, eskalieren! Ein Mord im Kloster – in diesem wunderschönen Kreuzgang mit den steinernen Bögen, dem prächtigen Garten mit den Rosensträuchern ... Aber war denn der Mord wirklich im Kreuzgang geschehen? Konnte er nicht woanders geschehen sein und die Leiche dorthin gebracht worden sein, um von dem Mörder abzulenken? Sie überlegte hin und her, und ihre Gedanken wurden wie eine riesengroße Spirale.

Die Dämmerung brach herein und es war wie eine Erlösung für sie, als Mutter sie ins Haus holte. Warm umgab die Dunkelheit das kleine Haus, und Mutter zündete ein Lämpchen und eine Kerze an. Gemeinsam aßen sie ihr Abendbrot, und während sie von dem guten, frischen Schafkäse kosteten, den die alte Barbara ihnen gebracht hatte, das köstliche, selbst gebackene Brot mit Kräutern und Lauch aus dem Garten, fühlte sie sich besser, und dachte: das ist das Leben. Und dort, im Kloster, ist jetzt der Tod. Sie war dankbar, dass sie heute früh ins Bett gehen durfte. Mutter brauchte keine Hilfe mehr. Während sie sich in ihre Kissen vergrub und der Strohsack leise knisterte, hörte sie Vater und Mutter noch lange flüstern. Endlich schlief sie ein.

DER SARG IN DER KIRCHE

Pater Walther war in einem offenen Sarg in der Klosterkirche aufgebahrt worden. Jeder, der wollte, konnte in die Kirche, um sich von ihm zu verabschieden. Es drängte Rosamund, den Sarg zu sehen und ein paar Gebete für den lieben Verstorbenen zu sprechen. Als sie am Vormittag die Kirche betrat, war sie allein. Der Sarg stand von dem Altar und neben ihm kauerte eine einsame, graue Gestalt. Es war Reginhard. Er hob den Kopf und nickte, und sie nickte zurück. Sie wusste nicht, was sie sagen sollte. Reginhard war blass und hatte dunkle Ringe unter den Augen, aber er hatte nicht geweint. Vielleicht überwog der Zorn, den er in sich fühlte, seinen Schmerz. „Ich werde ihn rächen", sagte er leise zu Rosamund. „Dazu musst du den Mörder erst finden", flüsterte Rosamund zurück, „und das wird dir nicht möglich sein." „Es ist wohl klar, dass er einer aus dem Kloster war", gab Reginhard zurück, „und ab jetzt werde ich alles ganz genau beobachten. Durch irgendetwas wird er sich verraten."

„Er ist in der Nähe der Abtszelle gefunden worden?", fragte Rosamund vorsichtig. „In der Nähe schon – aber doch wieder ein gutes Stück entfernt. Es gab keine Schleifspuren. Er wurde im Gras niedergelegt. Es gehört eine gewaltige Körperkraft dazu, einen Toten ein Stück zu tragen und dann irgendwo niederzulegen, ohne die geringsten Spuren zu hinterlassen." „Vielleicht hatte er einen Helfer?" „Das glaube ich nicht", sagte Reginhard, „ich glaube, Pater Walther hat etwas gesucht, was er nicht hätte suchen oder finden sollen; einer kam herein, bemerkte das, und hat in einfach niedergestochen." Beide Kinder schwiegen.

„Wer hat ihn denn gefunden?", fragte Rosamund. „Pater Aldarich." „Und Abt Finan ist dann gleich gekommen?" „Nein, der war an diesem Tag nicht da. Als Zweiter war schon ich zur Stelle; das war ein Zufall oder eine Fügung."

„Konnte Pater Walther in das Zimmer des Abts hinein?", fragte Rosamund. „Ja, immer; er ist ja Prior und hat einen Schlüssel. Oder er war es", fügte er in einem Ton hinzu, der Rosamund ins Herz schnitt. „Wo ist sein Schlüsselbund?", fragte Rosamund. „Pater Aldarich hat ihn an sich genommen, "sagte Reginhard, „aber etwas hat er nicht bekommen!" Er zog ein kleines, schwarzes Ding aus seiner Mönchskutte, „das hier!" Es war ein Schlüssel mit schön ziseliertem Kopf. „Was ist das?" „Das ist der Schlüssel zur Abtszelle. Ich habe ihn in einem unbeobachteten Moment heruntergenommen, als die anderen Brüder herangeeilt sind. Die Aufregung war groß, und niemand hat es bemerkt. Er wird Zeit, dass ich ihr einmal einen Besuch abstatte." Rosamund hatte richtig beurteilt, sein Ingrimm war noch größer als seine große Trauer. „Das mache ja nicht!", warnte ihn Rosamund, „jemand, der ein Mal zusticht, und die Sache bleibt unentdeckt, kann noch ein zweites Mal zustechen." Er sagte nichts mehr, sondern verbarg sein Gesicht in den Händen Rosamund hätte ihm gern die Hand auf die Schulter gelegt, um ihn zu trösten, aber sie wagte es nicht.

Plötzlich hörte sie das Schlagen einer Glocke, laut und fordernd, und Rosamund wusste nicht, weshalb dieses Geräusch in ihren Ohren so hässlich klang. „Das ist die Sext", sagte er. „Ich muss zum Stundengebet." Er wollte fort. „Gib ihn mir", sagte Rosamund, „gib mir den Schlüssel. Das, was du tun willst, kannst du nicht tun; du wirst beobachtet. Aber ich kann es tun. Ich habe, solange ihr beim Gebet seid, Zeit. Dann lege ich den Schlüssel dort in die Ecke unter einen Stein." Er überlegte einen Augenblick, dann gab er ihn ihr und eilte davon. Rosamund war überwältigt von dem Vertrauen, das er ihr entgegenbrachte. Sie wollte sich dieses Vertrauens würdig erweisen.

IM REICHE DES ABTS

Rosamund überlegte nicht lange. Jetzt war es günstig und wer weiß, ob sich je wieder eine solche Gelegenheit finden würde. Durch die ihr bekannte Tür schlich sie in den Kreuzgang und steuerte auf die Tür des Abtshauses zu. Kein Mensch war zu sehen. Sie zog den Schlüssel heraus, steckte ihn in das Schlüsselloch. Er passte genau. Die Tür ließ sich leicht öffnen. Sie schlüpfte hinein und schloss sie blitzschnell hinter sich. Dann lehnte sie sich mit klopfendem Herzen an die Tür.

Was sie erblickte, verschlug ihr fast den Atem. Das war keine Abtszelle, das war das Zimmer eines Fürsten! An den Wänden waren bunte Gemälde, die Jagdszenen zeigten. Im Hintergrund befanden sich Regale, mit prächtigen Büchern bestückt. Rosamund hätte gerne die Bücher betrachtet, aber es war keine Zeit dazu. In der Mitte des Raumes befand sich ein schwerer Schreibtisch, auf dem in einer Tasse verschiedene Schreibfedern lagen, daneben ein Tintenfass. Seitlich war eine Ruhebank, mit kostbaren Fellen bedeckt und mit seidenen Polstern verziert. Durch das Glasfenster schien das helle Sonnenlicht auf diese Farbenpracht.

„Lieber Gott, hilf mir!", sagte sie inbrünstig. Doch nichts geschah. Sie stand inmitten einer glanzvollen Welt, die ihr fremd war. Da erinnerte sie sich an Pater Walther, der ja jetzt im Himmel weilte und ein reiner Engel war, und sie betete: „Heiliger Pater Walther, gib mir ein Zeichen. Wir wollen ja den Mord an dir aufdecken! Was hast du gefunden, und was ist dir zum Verhängnis geworden?"

Ihr Blick wurde von einem dünnen, in braunes Leder gebundenen Buch angezogen, das nicht bei den anderen Büchern stand, sondern wie angelegentlich auf dem obersten Brett des Bücherregales lag. Im Stehen konnte sie es nicht erreichen. Sie musste klettern. Sie schob den Abtstuhl an das Regal heran, stieg hinauf, und holte sich das Buch herunter. Sie schlug es auf. Es war eine Chronik. Jahr für Jahr wurde kurz berichtet, was sich ereignet hatte, welche Leute ins Kloster eingetreten waren, und unter welchen Umständen; und auch diejenigen waren erwähnt, die das Kloster verlassen hatten, oder gestorben waren. Bald würde auch Pater Walther darin verewigt werden, „unter gewaltsamen Umständen gestorben"; das würde hier stehen.

Ab 1220 begann sie, die Blätter genau durchzusehen. Hier konnte die heiße Spur beginnen. Aber sie fand nichts. Jedem Neuzugang war ein eigenes Blatt gewidmet, auf dem auch stand, was der Betreffende als „Mitgift" dem Kloster brachte: das konnten Grundstücke sein, oder sogar ein bis mehrere Dörfer. Es fiel ihr auf, wie glücklich sie war, dass sie lesen konnte. Nicht alle Kinder aus dem Dorf konnten das. Das hatte sie Vater zu verdanken, der seine kleine Tochter oft unterrichtet hatte. Plötzlich blieb ihr tastender Finger an einer rauen Stelle hängen. Noch einmal fuhr sie darüber. An diesen Blättern hatte sich jemand zu schaffen gemacht. Noch einmal fuhr sie darüber, und nun war sie sich sicher: hier war etwas geschehen. Ein Blatt – oder mehrere – waren herausgeschnitten worden. Sicher mit einem ganz feinen Messer, aber jemand, der sehr aufmerksam war, konnte es dennoch bemerken.

Sie hatte genug entdeckt. Sie schloss das Buch, kletterte wie ein Eichhörnchen auf den Schreibtisch, dann auf die Lehne des mächtigen Abtsstuhls und legte das Buch wieder auf seinen Platz. Sie verschloss die Abtszelle, schlich durch den Kreuzgang und langte wohlbehalten in der Kirche an. Dann verließ sie sie durch das Hauptportal und wartete dort auf Reginhard.

Wieder hörte sie das hässliche Glockenzeichen, und kurz darauf erschien Reginhard mit fliegendem Atem. Entweder, weil er so gelaufen war, oder, weil er einer Nachricht entgegenfieberte. „Ich habe die Chronik gefunden", sagte Rosamund schnell, denn hier tat Eile not. „Es sind ein oder mehrere Blätter daraus entfernt worden, gerade aus der Zeit, in der du ins Kloster gekommen bist." „Das genügt nicht", sagte Reginhard traurig, „das kann alles oder nichts bedeuten." „Es ist so, wie du sagst – aber es kann auch alles bedeuten. Es kann des Rätsels Lösung sein. Es ist ein edles Buch, schön gebunden. Wer macht sich die Mühe, ein solches Buch mutwillig zu verletzen? Mein Vater ist Buchbinder, und ich weiß, was es für eine Mühe macht, ein solches Kunstwerk herzustellen." „Du hast recht", sagte Reginhard, „es muss eine Bedeutung haben. Gib mir bitte den Schlüssel! Wenn ich ihn habe, fühle ich mich stark. Vielleicht kann ich auch bald etwas in dieser Sache unternehmen." Rosamund gab ihn ihm. „Weißt du", sagte Reginhard und sah ihr voll in die

Augen. „Du bist ein mutiges Mädchen." „Ja", sagte Rosamund, und ihre blauen Augen strahlten, „das bin ich."

Rosamund kehrte in die Kirche zurück. Sie hatte ja ihre Gebete noch nicht gesprochen. „Vater unser, der Du bist im Himmel", sagte sie unhörbar, „geheiligt werde Dein Name, Dein Reich komme, Dein Wille geschehe ..." Aber sie konnte sich nicht konzentrieren. War das hier Gottes Wille gewesen? Das war wohl nicht möglich. Sie dachte an das Wirken des Teufels, der ebenfalls in dieser Welt gegenwärtig war. Und er war sehr lebendig und aktiv, das hatte die alte Barbara ihr erzählt. Beispiele hatte sie ihr keine gebracht, denn sie sagte, das würde ein Kind zu sehr erschrecken.

Sie versuchte es weiter: „Freu dich, du Himmelskönigin, Halleluja! Den du zu tragen würdig warst, Halleluja! Er ist auferstanden, wie Er gesagt, Halleluja. Bitt Gott für uns, Halleluja." Das passte nicht. Sie versuchte etwas anderes: „Der Herr öffnet den Blinden die Augen, Er richtet die Gebeugten auf." Sie seufzte. War das wirklich so? „Ich bitte um ein gutes Gebet", sagte sie leise. Dann fiel ihr ein: „Ich bin der gute Hirte; ich kenne die Meinen, und die Meinen kennen mich, wie mich der Vater kennt und ich den Vater kenne; und ich gebe meine Leben für die Schafe."

Rosamund hatte noch nie einen Toten gesehen. Ihr Blick glitt von seinem Gesicht den Körper, der in die schlichte, schwarze Kutte gehüllt war, abwärts bis zu seinen Schuhen, und dann wieder hinauf zu seinem Gesicht. Rosamund war erstaunt. Das Gesicht war glatt und nicht entstellt wie bei jemandem, der eines gewaltsamen Todes gestorben war. Sie hatte es sich verzerrt, oder leidend, vorgestellt. Ein Sonnenstrahl tastete sich durch das Fenster und fuhr über seine Haare. Er glitt über sein Gesicht und Rosamund konnte sich des Eindrucks nicht erwehren, dass ein überaus spitzbübischer Ausdruck auf ihm lag. Sie schloss die Augen, um sich zu konzentrieren, und dann öffnete sie sie wieder, und diesmal blickte sie scharf, und ohne jede Angst, in sein Gesicht. Und er war da, der Ausdruck des Triumphes. Der Sonnenstrahl fuhr über seinen Körper und leitete hin zu seinen Händen. Und da sah sie es: die rechte Hand war zusammengekrampft, die linke wie beruhigend darüber gelegt.

„Ich muss es tun", sagte sie zu sich selbst, und bat in einem Augenblick ihren Schutzengel, Gott, Jesus und die heiligste Jungfrau Maria um Verzeihung. Pater Walther bat sie nicht um Verzeihung, denn sie wusste, dass er damit einverstanden war, mit dem, was sie jetzt tat. Ganz vorsichtig schob sie seine linke Hand hinunter, um zu der rechten Hand zu gelangen, die schützend etwas barg. Vorsichtig, ganz vorsichtig, versuchte sie die Hand zu öffnen; und es gelang. Ein kleines Stück Pergament kam zum Vorschein, von einer Seite abgerissen. Auf ihm befand sich eine ovale, rot-weiß-rote Zeichnung. Es war der Bindenschild.

DAS ST.GEORGS-FEST

Von diesem Tag an war Reginhard verschwunden. Sie sah ihn nicht mehr. Das Leben ging weiter in dem kleinen Dorf am großen Donaustrom. Man feierte die Feste, freute sich an den Jahreszeiten, im Frühjahr die Au mit einem Teppich aus blauen Veilchen, im Sommer die wogenden Ährenfelder, im Herbst die Bauern, die mit ihren Öchslein und Pferden in die Erde Furchen zogen und dann frischen Samen säten, das Tönen der Hörner, wenn die hohen Herren auf die Jagd zogen, der Auwald in allen Farben, die dicken Schweine, von Eicheln gemästet, die auf das Schlachten warteten, um zu Weihnachten als saftiger Schweinebraten zu dienen, das Dengeln und Klopfen aus der Schmiede hinter dem Festen Haus, das Schreien und Schnattern der Gänse. Im Winter klirrende Kälte, Schneeschauer und strahlende Sonne und Eislaufen auf der zugefrorenen Donau.

Sie traf sich mit ihren Freunden und Freundinnen zu Gespräch und Spielen, sie besuchte die alte Barbara, die am Ortsende wohnte, den ganzen Tag spann, kräuterkundig war und – so wie die Leute sagten – seherische Fähigkeiten besaß.

Besonders liebte sie das St. Georgs-Fest mit dem Markttag, an dem sich auch Leute aus den umliegenden Ortschaften – Aspern, Eßling, Breitenlee und Hirschstetten – einfanden. Es wurde gegessen und getrunken, gekauft und verkauft, es kamen Musikanten, Jongleure, Handwerker, die die wunderbarsten Dinge zum Verkauf anboten, aber auch die Leute von Stadelouwe nutzten den Tag, um ihre Erzeugnisse zur Schau zu stellen und auch verkaufen zu können. Mutter bot Gebackenes und Gestricktes an, sie wieder kaufte von einem Händler, der gar aus Wien gekommen war, einen schönen Wollstoff. Die alte Barbara bot feine, gesponnene Wolle an und getrocknete Kräuter für heilsame Tees, die Fischer hatten einen großen Stand mit frisch gefangenen Fischen und freuten sich, sie heute einmal hier zu Hause anbieten zu können, als damit nach Wien zu fahren, wo strenge Auflagen herrschten, und sie manchmal nicht so sehr auf ihre Rechnung kamen, wo doch der Weg weit und oft auch anstrengend war.

Am lustigsten waren die Spielleute, die nicht müde wurde, die Marktbesucher mit ihren Liedern zu erfreuen. Rosamund liebte das Trommeln, Fiedeln und den schnarrenden Klang der Flöten. Sie waren aber auch wichtige Nachrichtenübermittler, und das, was die Dorfbewohner zu hören bekamen, war oft alles andere als angenehm; es war doch immer wieder bedrohlich.

„Die Böhmen von Norden, die Ungarn von Osten, und jetzt auch noch die Mongolen …", hörte sie jemanden sagen, und, als sie sich umwandte, war es Herr Diepold. „Wir sind in dieser Gefahrenzone, aber bis jetzt ist uns ja eigentlich noch nichts passiert." „Bis jetzt noch nicht, aber das ist etwas, das sich im Handumdrehen ändern kann." „Der Herzog passt auf, dass die Mongolen nicht in unser Land kommen", sagte Herr Diepold. „Mit seinen paar Männern, und mögen es 50.000 sein, gegen Hunderttausende, die da bei uns hereinschwappen wie die Pest ..." „Er kann es", wiederholte Herr Diepold starrsinnig, „denn er kann alles, was er will."

Rosamund wollte nichts mehr hören und ging weg. Sie war auf einmal traurig geworden. Es interessierte sie nichts mehr. Sie setzte sich auf eine Bank, die vor dem Haus stand, mit dem Blick auf den Anger gerichtet. Sie hörte Musik, Geschrei, Stimmengewirr, Gänsegeschnatter und den Lockruf eines Vogels. Das war ihr Leben. Es war schön, reich, friedlich – und es gab Gefahren. Einer Gefahr, die sie unmittelbar betraf, der konnte sie sich stellen. Einer Gefahr, die über ihr kreiste, wie ein Raubvogel über einem kleinen Tier, der konnte sie sich nicht stellen. Es gab eine Gefahr, die am Rande ihres Lebensbereiches auf sie alle lauerte, und gegen die niemand etwas tun konnte.

Sie ging ins Haus. Sie fühlte sich immer glücklich in den sie bergenden Wänden, und so war es auch heute. Sie setzte sich auf die kleine Bank neben dem Herd – das war ihr Lieblingsplatz – und lehnte den Kopf gegen die Wand. Auf der gegenüberliegenden Seite ging die Tür in den Garten hinaus, wo der Gesang der Vögel schon den Abend einleitete. Sie freute sich, ein wenig allein sein zu können, bevor Mutter nach Hause kam, um das Abendbrot vorzubereiten.

Ihre Gedanken kreisten jetzt nicht mehr um das Fest, das draußen am Anger herrschte, sondern sie wanderten in den Nebenraum. Dort stand ein kleiner Puppenwagen und in ihm lag ein Püppchen, das Mutter für sie gefertigt hatte. Es trug ein Kleid aus roter Wolle, auch die Haare waren aus Wolle; braun, und in Zöpfe geflochten. Augen, Nase und Mund waren mit dunkler Farbe gezeichnet, und sie lag auf einem Kissen, das mit Stroh gefüllt war. Natürlich spielte Rosamund längst nicht mehr mit Puppen, aber diese hier war so wunderhübsch, dass sie sie nicht herzugeben vermochte. Sie war ihre Freundin aus den Kleinkindertagen. Sie nahm sie heraus und strich über die braunen Wollhaare. Sie zog ihr Kleidchen glatt. Bevor sie sie wieder hinlegte, fuhr sie mit der Hand über den Polster. Seitlich befand sich eine kleine Öffnung, und in diese hatte Rosamund das Pergamentstück gesteckt, das sie damals aus der Hand eines Toten herausgenommen hatte.

Wie würde alles weitergehen? Sie hatte das Gefühl, dass das Ende der Geschichte noch nicht gekommen war. Das konnte und das durfte nicht so sein.

BESUCH BEI DER „HEXE" BARBARA

Es war im Frühling des Jahres 1246, da brachte Vater große Neuigkeiten aus Wien. Die Mongolen hatten sich zurückgezogen, ob durch die Anstrengungen des Herzogs, oder aus anderen Gründen, das wusste er nicht. Diese Gefahr war fürs Erste einmal gebannt. „Für immer?", fragte Mutter, die sich von Herzen freute, dass Vater endlich einmal eine gute Nachricht nach Hause brachte. „Das weiß nur Gott alleine", sagte Vater ernst, „ich kann mir nicht vorstellen, dass der Herzog von Österreich allein – so mächtig er ist – diese Völkerwoge zum Stillstand und zur Umkehr bewegt hat. Es müssen Ereignisse sein – im Inneren von Asien, wo sie ja herkommen – die sie veranlasst haben, wieder dorthin zurückzukehren." „Und dort sollen sie auch bleiben", sagte Rosamund aus vollem Herzen, während sie Mutter half, das Abendbrot vorzubereiten. Es gab eine Suppe mit Gartengemüse, Käse, Eier und frisches, selbst gebackenes Brot. Es gab auch Kirschen aus dem Garten und ein paar Maulbeeren vom Maulbeerbaum.

„Es gibt aber auch noch etwas anderes", sagte Vater vorsichtig, während er einen Schluck Wein zu sich nahm. „Etwas Angenehmes oder etwas Unangenehmes?", fragte Mutter. „Etwas Unangenehmes", gab Vater zu. „Bernward, bitte nicht", sagte Mutter, „warte, bis wir mit dem Nachtisch fertig sind!" „Gut, ich warte", sagte Vater, und seine Augen zwinkerten vergnügt. „Aber", er wurde gleich wieder ernst, „es ist nichts, worüber man sich freuen könnte." „Also was?" „Die Ungarn", sagte Vater. „Die Ungarn – schon wieder! Was wollen die denn?" „Sie nehmen es dem Herzog übel, dass er die drei Grenzkomitate behalten hat. Sie wollten sie wieder zurückbekommen. Der Herzog gibt sie jedoch nicht mehr zurück. Er hat sie mit seinem eigenen Geld hergerichtet – als Bollwerk gegen die Mongolen." „Was ist die Folge von diesen Streitereien?", fragte Mutter. „Krieg", sagte Vater. „Es wird aber nur ein Grenzgeplänkel sein. Jeder will zeigen, dass er der Stärkere ist. Das wird uns hier nicht betreffen." „Gut, Bernward", seufzte Mutter. „Ich hoffe, du hast recht."

An einem schönen Tag im Mai hielt Rosamund es nicht mehr aus. Sie packte ein Körbchen mit Früchten zusammen, legte ein paar Eier drauf und ging zum Ende des Dorfes, wo die alte Barbara wohnte. Sie trat in das Häuschen ein und blieb dann scheu im Türrahmen stehen.

„Das ist schön, dass du mich besuchen kommst", sagte die alte Frau freundlich und hieß Rosamund, sich neben sie zu setzen. Ihre Hände ruhten niemals. Sie sah ihr andächtig zu, wie sie mit einer Hand die Spindel drehte, mit der anderen Hand die lose Wolle ergriff, und so ein wunderbarer Faden entstand, der dann, zu einem großen Knäuel gewickelt seinen Platz in der Ecke fand. „Das ist mein Broterwerb", sagte die alte Barbara stolz, „ich bin auf keines Menschen Mildtätigkeit angewiesen. Dafür kann ich mir alles eintauschen, was ich zum Leben brauche. Und hier", sie zeigte stolz auf ein paar Körbe, die in der Ecke standen, „sind die besten Kräuter gegen alle Arten von Krankheiten." „Dieses Körbchen hier schickt dir meine

Mutter", sagte Rosamund, „mit frischem Obst aus unserem Garten!" „Wirklich?", fragte die alte Barbara und sah sie an. Rosamund errötete bis unter die Haarwurzeln. „Nein", sagte sie dann, „ich wollte es dir bringen, weil ich dich besuchen wollte." Das kannst du mir ruhig sagen", sagte sie, „ich freue mich genauso, wenn das Geschenk von dir kommt." „Ich möchte dich bei dieser Gelegenheit auch etwas fragen", sagte Rosamund mutig, nachdem sie ihre Verlegenheit überwunden hatte. „Das habe ich schon gewusst, ehe du hereinkamst", sagte die Alte. „Dein Herz ist schwer." „Ja", sagte Rosamund. „Was ist es also?" „Ich möchte Erkundigungen einziehen", sagte Rosamund. Die Alte sah sie scharf an: „Über ein Königskind?" „Nein", sagte Rosamund verwirrt, „über einen Novizen aus dem Kloster. Er heißt Reginhard. Er ist verschwunden." „Aus dem Kloster?" „Nein." „Am liebsten würde ich sagen: lass die Finger davon", sagte die Alte mit schwerer Betonung, „aber ich sehe, dass du sie schon drinnen hast, und zwar sehr tief."

Beide schwiegen. „Kannst du mir helfen, Barbara? Kannst du mir irgendetwas mitteilen?", sagte Rosamund verzweifelt.

Es herrschte eine lange Stille. Dann sagte die Alte: „Geh jetzt nach Hause, Rosamund. Die Dinge werden ihren Lauf nehmen, so wie sie eben ihren Lauf nehmen müssen. Kein Mensch kann den Lauf der Dinge ändern; die Schicksalsfäden sind gesponnen. Du kannst aber beruhigt nach Hause gehen. Ängstige dich nicht. Dein persönliches Schicksal ist nicht in Gefahr. Ich sehe sogar etwas aufstrahlen. Was das ist, das weiß ich nicht. Es sieht so aus, als ob die Sterne dir günstig wären."

Rosamund stand auf. Sie blickte in die gütigen Augen der weisen, alten Frau, und dann konnte sie nicht anders, sie ging auf sie zu und umarmte sie innig. Dann ging sie nach Hause, und es war ihr so leicht zumute, als schwebte sie auf Wolken. „Wehe, wenn dich noch einmal jemand eine alte Hexe nennt", dachte sie, „wehe! Dann kämpfe ich für dich mit allem, was mir zur Verfügung steht! Was seid ihr alle gegen sie!"

UNTER DEM ROSENSTRAUCH

Anfang Juni gab es einen Tag, der war mit keinem anderen zu vergleichen. Die Luft war schwer, kein Hauch regte sich in den Bäumen, und der erfrischende Wind, der von der Donau her kam, schwieg still. Die Blumen dufteten, die Bienen summten, und ein paar weiße Vögel stiegen gegen den bleigrauen Himmel auf.

„Es wird ein Gewitter kommen", sagte Vater und blickte in die Luft und dann übers Land, das wie schwer atmend dalag. Aber es kam keines. Rosamund half Mutter im Haus und im Garten, sie kochten gemeinsam ein gutes Mittagessen für sich und Vater, und nachmittags setzte sich Rosamund auf die Gartenbank, um ein wenig Atem zu schöpfen. Die Hühner badeten im Sand, die Hasen saßen im Schatten beisammen, und Hiltrud lag auf den warmen Steinen und sonnte sich. Auch ihr war heute nicht nach Unterhaltung und Jagen zumute.

Genauso ging es Rosamund; es hätte wohl viel gegeben, was sie tun hätte können: hinunter zur Donau und schwimmen, Mutter beim Einkochen der Marmeladen zu helfen; Kirschen und Erdbeeren waren reif; es gab auch kleine Gurken, die man in Essig, gewürzt mit Pfefferkörnern, haltbar machen konnte, und die eine gute Zuspeise zu der oft eintönigen Kost im Winter darstellten, aber Mutter sagte nichts und saß in der Küche, mit ihrem Strickzeug, so wie sie sich selten untertags eine Ruhepause gönnte. Man musste immer planen und vorausschauen; auf schlechtere Zeiten, die jederzeit kommen konnten. Diesmal aber hatte sie die Hände im Schoß und sah vor sich hin. Sicher dachte sie an alles, was Vater ihr erzählt hatte, und versuchte, es in ihr Weltbild einzuordnen. Was könnte geschehen, wenn ... was wäre zu tun im Falle dass ... Rosamund hatte grenzenloses Vertrauen zu ihrer Mutter. Sie war die Seele des Hauses.

Rosamund liebte ihren Garten. Aber heute hielt es sie nicht mehr in ihm. Sie verließ ihn, ging durch das Haus, vorne hinaus, und nun befand sie sich auf dem Anger. Dort herrschte kein Leben; die Leute hatten sich in ihre Häuser verkrochen, wer arbeiten musste, arbeitete natürlich, auf den Feldern draußen oder im Wald. Die Schmiede schwieg still, es ertönte kein Hundegebell, und auch die Enten schnatterten nicht. Es war, als ob die Natur ihren Atem anhielte.

Rosamund ging den Anger entlang; Richtung Kloster. Aber sie verließ ihn nicht, sondern überquerte ihn, und nun stand sie vor dem Festen Haus des Herrn Diepold. Zögernd und vorsichtig zwängte sie sich durch den schmalen Spalt des Tores, das offen stand. Sie schlich durch den kleinen Hof und nun befand sie sich in dem entzückenden Vorgarten mit den Rosenbüschen, dem Taubenkogel, den Blumenbeeten mit Schwertlilien und Goldlack und den Ruhebänken aus Stein, die sehr gefragt waren, wenn der Herr des Dorfes ein Gartenfest feierte.

Und da sah sie sie. Auf einer Bank in der äußersten Ecke, die von Rosen ganz umrankt war, saß der Herzog und neben ihm Reglindis. Sie sprachen leise, aber Rosamund hörte jedes Wort. „Du solltest es nicht tun", sagte Reglindis, „lass es bitte!" „Du weißt, dass ich es tun muss", sagte der Herzog, „es ist für unser Land. Dieses Gesindel wird immer respektloser. Man muss ihm den Herrn zeigen." „Du spielst mit deinem Leben!" „Und ich weiß, wofür ich es tue. Es ist für mein innigstgeliebtes Österreich. Dafür tue ich es, und wenn ich untergehe, dann ist es für mein – für unser – Heimatland." Er stützte das Kinn in die Hand und blickte zu Boden. Reglindis betrachtete ihn eine Zeit lang schweigend. „Du bist müde", sagte sie dann, „ruh dich aus. Du bist die ganze Nacht geritten." Er streckte sich neben ihr aus, legte sein Haupt in ihren Schoß und schloss die Augen. Die Hände faltete er über der Brust und sie legte ihre Hand auf die seinen, wie um ihn zu beschützen. Sie beugte sich über ihn, sodass ihr langes, blondes Haar beinahe seine Schultern berührte. Auf ihrem hellgrünen Kleid glitzerte eine goldene Borte.

In diesem Augenblick begriff sie. Es fiel ihr wie Schuppen von den Augen, sodass sie hätte schreien können, und zugleich wollte sie ganz still sein, sich mit der Stille des Tages verbinden, um das schöne Paar nicht zu stören. Sie konnte sich nicht satt daran sehen, wie sie sich in Liebe über ihn neigte, und wie er sich ihr auslieferte; schutzlos wie ein Kind.

Sie musste fort. Geräuschlos, wie sie gekommen war, glitt sie durch die Tür und stand wieder auf dem Anger. Sie ging ein paar Schritte weiter und setzte sich an die niedrige Mauer, die das Anwesen umgab. Ihre Zähne schlugen aufeinander und ihre Hand hielt sich an den

Pflanzen fest, die neben ihr wuchsen. Als sie dann wieder aufstand, entdeckte sie, dass Brennnesseln neben der Mauer gewachsen waren und dass ihre Hand voller Blasen war. Das hatte sie gar nicht bemerkt.

Sie ging nach Hause und suchte dort ein großes Handtuch, denn sie wollte zum Fluss schwimmen gehen. Das Wasser war von jeher ihre Freude und ihre Kraft gewesen, und sie wusste genau, das war es, was sie jetzt brauchte. Sie ging die paar Minuten zum Strand hinunter barfuß, und sie genoss den weißen Sand, über den sie jetzt schritt, das Gras, die Steine, das duftende Wasser, die Blätter, über die sie streifte, und die ihrer Hand sanft entgegenkamen, entledigte sie sich ihrer Kleidung bis auf das Untergewand und tauchte ins tiefe, klare Donauwasser. Wie ein Fisch schwamm sie hin und her, stieg auf einen Stein, der aus dem Wasser ragte, tauchte, kam wieder hoch, und lag dann, zu Tode erschöpft im Gras, das Handtuch neben sich ausgebreitet. Später, als die Sonne schon tiefer stand, trocknete sie sich ab, schlüpfte in ihr Kleid und eilte ihrem Hause zu.

Ihre Mutter empfing sie schon. „Das war eine gute Idee, heute noch schwimmen zu gehen! Waren Ida und Pauline mit?" „Nein", sagte Rosamund, „ich war alleine." „Auch recht", sagte Mutter, „um sich zu erfrischen und schwimmen zu gehen braucht man keinen Zweiten." „Nein", sagte Rosamund. „Das ist heute ein sonderbarer Tag", sagte Mutter, „ das ganze Dorf ist wie ausgestorben. Der Himmel ist bleigrau, und doch kommt kein Gewitter. Welches Zeichen will uns Gott da setzen?" „Ich weiß es nicht", sagte Rosamund. Mutter sah sie einen Augenblick an, und dann musste sie lachen. „Natürlich weißt du es nicht", sagte sie, „und was fällt mir denn ein, dich solche Dinge zu fragen? Komm her!" Sie breitete die Arme aus, und Rosamund kam, und sie drückte sie innig an sich. Wie gut das tat, von Mutter umarmt zu werden! Sie konnte alles Leid der Welt von einem abwenden. „Geht es dir gut, mein Engel?", fragte Mutter sie. „Ja!", sagte Rosamund tapfer.

DIE SCHLACHT AN DER LEITHA

Die nächsten Tage vergingen für Rosamund wie im Traum; sie versuchte das, was sie gesehen hatte, als Schatz in sich festzuhalten, sie versuchte mit diesem Wissen zu leben, denn, dass sie jemand anderem davon Mitteilung machen konnte, das war für sie ausgeschlossen. Selbst ihren geliebten Eltern konnte sie nichts sagen. Das heißt, sie durfte es, aber sie wollte es nicht. Es kam ihr vor, als müsste sie dieses Geheimnis bewahren.

Ein paar Tage später kam Vater mit einer Nachricht wieder, die alles bisher Gehörte in den Schatten stellte: der Herzog war bei einem Grenzgeplänkel gegen die Ungarn gefallen. Es ereignete sich bei Pottendorf an dem Flusse Leitha. „Wie ist denn das geschehen?", fragte Mutter flüsternd. Ihr Gesicht war bleich, und sie tastete nach Vaters Hand. „Unser Herr, unser Fürst!" Auch Vater war bleich; er wollte sich seine Bewegung aber nicht anmerken lassen. „Zuerst ging alles gut, und die Herzoglichen hatten auch gesiegt. Die Ungarn waren geschlagen und hatten sich zurückgezogen. Doch dann vermissten die Österreicher ihren Herrn. Sein Schreiber fand ihn auf dem Schlachtfeld; er war tot." Vater Stimme bebte. Er barg sein Gesicht in seinen Händen. Dann sah er wieder auf. „Der Schreiber hob seinen Herrn auf das Pferd, bedeckte ihn mit einem Mantel, und so gelangten sie nach Neustadt, wo im Hause eines befreundeten Bürgers der Herzog wieder bekleidet und aufgebahrt wurde. Anschließend überführte man ihn in die Kirche von Neustadt. Du weißt, dass er in Neustadt geboren wurde?" "Ja", schluchzte Mutter. "Er ist im Augenblick noch dort, wird aber bald in das Kloster Heiligenkreuz transferiert und dort zur letzten Ruhe gebettet."

"Wir wollen beten", sagte Rosamund entschlossen, "wir wollen für unseren geliebten Herrn und Landesfürsten beten." Doch allen Dreien, die sie da in der Dunkelheit in ihrem Haus zusammensaßen, fiel kein Gebet ein. Zu groß war die Erschütterung. Dann begann Vater langsam: "Erkennt: der Herr allein ist Gott. Er hat uns geschaffen, wir sind sein Eigentum. Der Herr ist gütig, ewig währet seine Huld." "Das passt nicht", flüsterte Mutter. "Nein, es passt nicht", sage Vater, und nach kurzem Nachdenken fügte er hinzu: "Aber vielleicht passt es doch."

Wieder folgte eine lange Stille, in der jeder seinen Gedanken nachhing. Und schließlich sagte Mutter: "Jetzt wird sie ihn bald holen lassen." "Ja", sagte Rosamund.

VATER WILL GEWISSHEIT

Am nächsten Tag um die Mittagszeit sagte Vater plötzlich zu Mutter: „Ich gehe fort." „Gott sei Dank!", sagte Mutter, und dann mussten sie lachen. Das war so befreiend nach den vielen Stunden der Anspannung, des Schreckens, der Trauer und der Hilflosigkeit. „Nach Wien?", fragte Mutter. „Nein, nach Heiligenkreuz", sagte Vater, „dort werde ich alles erfahren, was es zu erfahren gibt. Ich muss mehr und Näheres darüber wissen. Das alles scheint mir so unwirklich, wo verworren – wie ein böser Traum." „Mir geht es genau so", sagte Mutter, „ich möchte alles darüber wissen." „Und ich auch", fügte Rosamund hinzu. Auch ihr kam es vor, als wäre diese böse Nachricht ein Irrtum; so etwas konnte, sollte und durfte nicht sein. „Und deshalb bin ich froh, dass du diese Reise unternimmst", sagte Mutter, „das, was du erfährst, wird Klarheit für uns alle bringen, für den ganzen Ort. Es betrifft uns ja alle." „Morgen früh bringt mich der Fährmann über die Donau. Drüben bekomme ich ein Pferd und reite über Leopoldsdorf und Himberg nach Heiligenkreuz. Ich weiß nicht, wie lange das dauern wird und wo ich übernachten werde. Klöster und Herbergen gibt es genug. Im schlimmsten Fall ist das weiche Gras mein Bett und der Sternenhimmel meine Decke. Es soll mir nichts Schlimmeres passieren." „Pass gut auf dich auf, „sagte Mutter und lächelte Vater an. Der lächelte beruhigend zurück. „Mach dir keine Sorgen", sagte er, „du weißt ich komme immer wieder nach Hause zurück, zu dir und Rosamund. Wir leben in einer bewegten Zeit, und einem Mann ist es da nicht möglich, ruhig dazusitzen und geduldig auf den nächsten Morgen zu warten." „Ich weiß, Bernward", sagte Mutter sanft.

Am nächsten Morgen war Vater fort, und es begann ein langes Warten, gepaart mit Hoffnung und Neugier, was er alles erzählen würde, und eine Woche später war er wieder da.

Er bestätigte die traurige Nachricht und er hatte auch nähere Einzelheiten darüber erfahren, wie die Katastrophe passiert war.

Am Morgen des 15. Juni hatte der Kampf begonnen. Der Herzog ritt mit gewohntem Kampfesmut an der Spitze des österreichischen Heeres den Feinden entgegen. In dem darauf folgenden Kampf wurde der Herzog von einem Speer in der Nähe des Auges getroffen, er sank vom Pferd, und in den Wogen der sich hinwälzenden Schlacht fand er den Tod. Das österreichische Heer, das den Herzog im Schlachtengetümmel zunächst nicht vermisste, setzte den Kampf fort und es gelang ihnen, die Ungarn in die Flucht zu schlagen. Noch tobte der Kampf, als der herzogliche Schreiber Heinrich den Leichnam seines Fürsten fand. Er war seiner Rüstung beraubt worden. Er hob ihn auf sein Pferd, breitete seinen Mantel über ihn und brachte ihn nach Neustadt. Hier wurde er zunächst in der Stadtkirche aufgebahrt, dann brachte man ihn nach Heiligenkreuz, seinem Stammkloster. Dort wurde er dann im Kapitelhaus beigesetzt.

Alle schwiegen. Zu schwer drückte diese traurige Geschichte auf ihr Gemüt. Und Rosamund erschien es, als könnte sie, nach allem, was geschehen war, nie mehr wieder froh werden. „Und eines noch", sagte Vater, „ein Mönch hat dort ein Gedicht gemacht, das mehr als alles andere das Leid zusammenfasst, das uns jetzt alle getroffen hat:

„Des Landes Herrschaft – in Teile geschieden,
auf seiner Burg herrscht jeder, wie es ihm gefällt,
das Lamm frisst das Schaf
und der Wolf ist zufrieden."

„Das ist ein grausames Gedicht", sagte Mutter, „mit diesem Gedanken mag ich nicht schlafen gehen. Weißt du nicht etwas anderes, das uns aufbaut und beruhigt?" Aber Vater wusste nichts. So endete dieser schreckliche Tag.

REGINHARD

Ein paar Tage später sah Rosamund eine schlanke Gestalt, gekleidet in braunes Leder und einem Gürtel, in dem die Waffe steckte, aus dem Festen Haus kommen. Es war Reginhard. Sie blieb stehen und starrte ihn an. Und auch er sah sie und kam auf sie zu. Schweigend sahen sie einander an. Sie erkannte es: er wusste Bescheid.

„Wollen wir einen Spaziergang machen?", fragte er leise. „Ja", sagte sie. Sie wusste nicht, wohin er sie führen wollte. Sie verließen das Dorf und gingen Richtung Donau. Rechts von ihnen lag das Kloster und Reginhard würdigte es keines Blickes. Sie gingen den schmalen Pfad weiter, durch die blühende Aulandschaft. Bevor sich der Weg zum Wasser hin senkte, kam eine kleine Wiese. Auf ihr befand sich eine Linde, die jetzt von Bienen umbraust war. Darunter war frisches grünes Gras. Im Frühjahr war es hier blau von Veilchen.

„Das ist der Platz, an dem sie glücklich waren", sagte Reginhard. „Ja", sagte sie ernst, „das ist der Platz zum Glücklichsein." „Was wirst du tun?", fragte Rosamund nach einiger Zeit. „Ich gehe für ein Jahr nach Meißen, zu meinem Onkel", sagte Reginhard, „ich kann dort eine Ausbildung bekommen, lernen, was zu lernen ist, auch an Turnieren teilnehmen …" „Das wolltest du doch immer." „Ja, das wollte ich." „Kommst du dann wieder zurück?", fragte Rosamund. Sie wusste, dass er kommen würde, aber sie musste es fragen. „Ja", sagte Reginhard, „Herr Diepold braucht mich, er wird mich in seine Dienste nehmen. Später kann ich dann alles übernehmen. Ich kann Lesen, Schreiben, Latein, ich kann rechnen, planen, kalkulieren – alles; was so ein großer Betrieb erfordert." „Und Kosmogonie ...", sagte Rosamund. „Ja, darüber weiß ich auch Bescheid", sagte Reginhard und lächelte ein bisschen. „Aber es ist nie verkehrt, zu viel zu wissen."

„Denkst du noch an den Mord?", flüsterte Rosamund. Sie wusste, dass es jetzt kein guter Zeitpunkt war, das zu sagen. „Ja", sagte Reginhard, und eine steile Zornesfalte erschien auf seiner Stirn. In diesem Augenblick sah er seinem Vater noch ähnlicher. „Wie glaubst du, dass ich das je vergessen könnte?" „Du wolltest ihn rächen." „Rache!", sagte er. „‚Mein ist die Rache' spricht der Herr. Es war der Abt. Ich weiß es, aber ich kann es nicht beweisen. Ihn wird die Strafe Gottes ereilen, da bin ich sicher. Gott ist die Gerechtigkeit."

„Wenn dein Ausbildungsjahr in Meißen zu Ende ist, was genau wirst du dann tun?" „Ich komme zurück und werde Herrn Diepold zur Seite stehen. Das Feste Haus wird mein Zuhause sein. Wenn man mit 20 Jahren zum ersten Mal ein Zuhause hat, dann lässt man es nicht leichtfertig im Stich." „Es ist ein schönes Zuhause", sagte Rosamund, „es gibt nichts Schöneres, als in Stadelouwe zu Hause zu sein." Wieder folgte eine Pause. Rosamund fiel es auf, dass sie immer noch standen, obwohl sie sich als Kinder so gern nebeneinandergesetzt hatten.

„Das Geschlecht der Babenberger ist jetzt im Mannesstamm erloschen!", sagte Reginhard, mit einem großen

Schmerz in seiner Stimme. „Dieses Geschlecht, das Jahrhunderte lang die Geschicke Österreichs führte, und aus der bescheidenen Mark ein mächtiges Herzogtum gemacht hat …" „In den Annalen, ja", sagte Rosamund mit klopfendem Herzen, „da ist es erloschen. Aber das wirkliche Leben deckt sich nicht immer mit dem Inhalt der dürren Chroniken …"

Reginhard sah auf. Er sah sie an, als erblickte er sie zum ersten Mal. Sie stand vor ihm in ihrem einfachen blauen Kleid, mit ihrem hellbraunen Haar, in das die Sonne kleine Pünktchen setzte, und Augen, die so blauviolett waren wie die Veilchen der Frühlingszeit. Sie erschien ihm wie eine Elfe, dem Auwald entstiegen, wie eine Nixe aus dem Fluss und eine duftende Blüte des großen Lindenbaums.

Und plötzlich ergriff er ihre Hand und presste sie an seine Lippen.

GESCHICHTLICHES

Im Jahre 1234 spielte sich in dem kleinen Angerdorf Stadelouwe eine prunkvolle Fürstenhochzeit ab: Friedrich II., der Streitbare, vermählte dort seine Schwester Konstanzia mit dem Markgrafen von Meißen, Heinrich, dem Erlauchten.

Friedrich II.

(Geb. 15. Juni 1211 in Wiener Neustadt, gest. 15. Juni 1246 in der Schlacht an der Leitha), aus dem Geschlecht der Babenberger, war von 1230 bis 1246 Herzog von Österreich und der Steiermark. Er war der einzige Sohn von Herzog Leopold VI. und Theodora Angeloi, einer byzantinischen Prinzessin. Er stand im Streit mit seinen Nachbarn, mit Bayern, Böhmen und Ungarn. Er schützte sein Land vor dem Mongolensturm durch Anlage einer Burgenbarriere im westlichen Ungarn und bewahrte es so vor dem Schicksal des Nachbarlandes. 1246 fällt er bei der Verfolgung schon geschlagener Feinde.

Angerdorf

Geschlossener Angerplatz. Von den männlichen Bewohnern verteidigt. Das Dorf ist eine Wehreinheit, an deren Spitze ein ritterlicher Mann steht, ein Ministeriale, der auf einem in die planmäßige Dorfanlage hinein genommenen Wehrbau seinen Sitz hat. Der Dorfherr hatte die Entscheidung über die Erlaubnis zur Ausübung eines Handwerks. Er hatte die eigentliche „Regierung" im Dorf in seiner Hand. Er hat die Fischereirechte und das Richteramt inne. Er ist der Befehlshaber der wehrfähigen Dorfgemeinschaft.

Festes Haus

Ein befestigter Adelshof

Kirche

Stadelouwe besaß damals schon eine Kirche, die dem Hl. Georg geweiht war.

Benediktiner

Die Grundlage für das gemeinsame Leben von Religiosen in den Klöstern des Abendlandes bildete das von Benedikt von Nursia (gest. um 547) formulierte Gesetzbuch, die Regula Sancti Benedicti. Die Klöster, welche sich an diese Ordnung (lat. Ordo) hielten, bildeten den Benediktinerorden. Die Benediktinerregel fordert Verbleiben im Heimatkloster, Abkehr vom weltlichen Leben zum Streben nach Vollkommenheit, Gehorsam unter dem Abt.

Minnesänger

Der Kürenberger: der älteste mit Namen bekannte deutsche Minnesänger (um 1160), aus einem oberösterreichischen ritterlichen Geschlecht. Von ihm stammt das berühmte „Falkenlied."

Neidhart von Reuental: (1180 bis nach 1237). Ein vermutlich aus Bayern oder Salzburg stammender Ritter, der später nach Österreich kam. Er lebte im Umkreis Friedrichs II.

Es war üblich, dass ein Minnesänger auch die Lieder anderer Minnesänger vortrug.

Das Schneekind: Märe aus dem Mittelalter

Lehenswesen

Das Lehen ist ein geliehenes Gut, dessen Empfang zu ritterlichem Dienst und Treue verpflichtete.

Fischgerechtigkeiten

Fischereirechte

Turnier

Buhurt (Krawall): Reiterschauspiel. Es wurde mit Speeren gestoßen und mit Schilden der Stoß pariert. Die Waffen mussten gänzlich ungefährlich sein, da die Ritter ohne Rüstung an diesen Übungen teilnahmen.

Tjost: der klassische Zweikampf mit langen Lanzen. Die Rüstung wiegt 30 kg, die Lanze ist 6 Meter lang. Man muss sie in vollem Galopp waagrecht halten. Der gepanzerte Gegner war beim Aufeinanderprallen im schärfsten Galopp aus dem Sattel zu heben.

REZEPTE AUS DEM MITTELALTER

Rinderleber

Nimm eine Rinderleber, schneide sie in fünf Stücke und lege sie auf einen Rost und brate sie. Wasche sie in warmem Wasser oder in Brühe.

Lass sie dann gar braten. Nimm sie dann herunter, lass sie kalt werden und schneide sie schön zurecht. Nimm dann ein halbes Stück, zerstoße es in einem Mörser zusammen mit einer gerösteten Brotrinde, gib Pfeffer und Ingwer dazu, damit es scharf wird, nimm ein wenig Anis, mahle ihn mit Essig und Honigseim und erhitze es, bis es dick wird. Lass es dann kalt werden und lege dann so viel Leber, wie du willst, hinein. Und zu einem Fest mache dies mit Hirschleber. Und mit Wildschweinleber mache es genauso.

Fleischrolle

Klein geschnittenes Fleisch. Nimm Fleisch, das mäßig gekocht ist, entweder vom Schaf oder vom Schwein oder vom Rind, hacke es klein, menge Eier, geschnittenen Speck, Pfeffer, Kümmel, Safran und Salz dazu. Mache einen Eierkuchen und verteile das gewürzte Fleisch gleichmäßig darauf. Wickle den Eierkuchen zusammen, ziehe ihn durch einen Eierteig, backe ihn in Schmalz oder an einem Spieß. Wenn er fertig ist, schneide ihn quer in Stücke und serviere ihn dann so.

Kalbfleischknödel

Nimm Kalbfleisch, hacke Speck darunter und Gewürz und färbe es. Gib Eier und Weißbrot darunter. Mache Kugeln daraus und koche sie in heißem Wasser. Zerschneide sie und serviere sie so.

Soße

Reibe Knoblauch mit Salz – schäle die Knolle gut – und menge 6 Eier dazu. Und nimm Essig und ein wenig Wasser dazu, sodass es nicht so sauer wird, und lass das kochen, bis es dick wird. Damit kann man gebratene Hühner und Pilze servieren.

Würzsoße

Mahle Kümmel und Anis, gib es zusammen mit Pfeffer und Essig und Honig und färbe es mit Safran gelb. Gib Senf dazu. In dieser Würzsoße kannst du Sülze, Sauerkraut, Petersilienwurzeln, Rüben oder was du willst servieren.

Gutes Gebäck

Reibe Käse, vermenge ihn mit Eiern und gib klein geschnittenen, geräuchten Speck dazu, mach einen guten, derben Teig, fülle den Käse und die Eier hinein. Mache Krapfen und backe sie in Butter oder Schmalz aus. Serviere sie warm.

Mandelmus

Nimm Mandelmilch und Weizenmehlbrot, schneide dies würfelförmig und gib es dann in die Mandelmilch. Erhitze das Ganze. Nimm dann einen Apfel, schneide ihn in Würfel und röste ihn in Schmalz. Gib ihn dann auf das Mandelmus.

Gefüllte Äpfel

Willst Du gute gefüllte Äpfel machen, dann nimm gute saure Äpfel, schäle sie, schneide sie in zwei Hälften und schneide die Kerne heraus. Nimm andere Äpfel, schäle sie, schneide die Kerne heraus, und hacke die Äpfel auf einem Hackbrett klein. Nimm dann eine Pfanne, gib genügend Honig hinein, schütte dann die gehackten Äpfel dazu und führe das mit einem Löffel auf dem Feuer, bis es braun wird. Lass es genügend dick werden und überstäube es mit Pfeffer. Das ist die Fülle für die gefüllten Äpfel. Nimm nun die geschälten Äpfel und die Fülle, streiche sie auf die eine Hälfte, decke die andere darüber und drücke sie fest zusammen, dann hast du einen gefüllten

Apel. Mache auf diese Weise so viele Äpfel, wie du willst. Nimm dann eine Schüssel, gib Mehl hinein, gieß Wein dazu und mache daraus einen Teig, der weder zu dünn noch zu dick ist, salze ihn ein wenig und mache ihn mit Safran gelb. Nimm dann Schmalz oder Butter oder Öl, wälze die gefüllten Äpfel in den Teig, wirf sie in die Pfanne, in der das Schmalz oder Öl ist, und backe sie schön aus, dann hast du gute gefüllte Äpfel.

Alle Rezepte sind aus dem Buch:

Jourdan, Eveline: Lasst uns haben gute Speis. Kochrezepte aus dem Mittelalter. Stuttgart: Steinkopf, 1985.

Illustrationen:

Die Bilder stammen aus dem „Tacuinum sanitatis (Cod. Vindob. S.n.2644 der Österreichischen Nationalbibliothek). Wir danken der Österreichischen Nationalbibliothek (Bildarchiv) für die Erlaubnis, diese wunderschönen mittelalterlichen Miniaturen aus dem 14. Jahrhundert in unserem Buch verwenden zu dürfen.

Die Autorin

Brigitte Hoffmann-List wurde 1942 in Wien geboren. Sie lebt mit ihrer Familie in Hinterbrühl bei Wien. Ihr Interesse gilt der Heimatkunde, so entstanden Werke wie „Kleines Haus in Stadlau" und „Das Geheimnis des Bruder Wolfhelm – ein Kriminalfall aus dem alten Stadlau", die in den 50er-Jahren in ihrem Heimatbezirk angesiedelt sind. „Ferien in Puchenstuben" schildert die gute, alte Sommerfrische im schönen Mariazeller-Land, und „Aurelia-Kinderzeit in Carnuntum" spielt in Niederösterreich zur Römerzeit.

Ihre besondere Vorliebe gilt jedoch dem Mittelalter. Durch ihr Studium (Germanistik und Ur- und Frühgeschichte) ist sie ausgebildete Mediävistin und versteht es, das mittelalterliche Stadelouwe – Stadlau, in dem sich im 13. Jahrhundert dramatische Ereignisse abspielten, zum Leben zu erwecken.

Der Verlag

„Semper Reformandum", der unaufhörliche Zwang sich zu erneuern begleitet die novum publishing gmbh seit Gründung im Jahr 1997. Der Name steht für etwas Einzigartiges, bisher noch nie da Gewesenes.
Im abwechslungsreichen Verlagsprogramm finden sich Bücher, die alle Mitarbeiter des Verlages sowie den Verleger persönlich begeistern, ein breites Spektrum der aktuellen Literaturszene abbilden und in den Ländern Deutschland, Österreich und der Schweiz publiziert werden.
Dabei konzentriert sich der mehrfach prämierte Verlag speziell auf die Gruppe der Erstautoren und gilt als Entdecker und Förderer literarischer Neulinge.

Neue Manuskripte sind jederzeit herzlich willkommen!

novum publishing gmbh
Rathausgasse 73 · A-7311 Neckenmarkt
Tel: +43 2610 431 11 · Fax: +43 2610 431 11 28
Internet: office@novumverlag.com · www.novumverlag.com